セヘルが見なかった夜明け

Seher

セラハッティン・デミルタシュ
Selahattin Demirtaş
鈴木麻矢 訳
Aya Suzuki

早川書房

SEHER
by
Selahattin Demirtaş

Translated by
Aya Suzuki
First published 2020 in Japan by
Hayakawa Publishing, Inc.
This book is published in Japan by
arrangement via
Dipnot Yayınları via Anatolia Lit Agency
through The English Agency (Japan) Ltd.

装画／原 裕菜
装幀／坂川朱音

惨殺や暴行の犠牲になったすべての女性たちに捧ぐ

目次

我々の内なる男

İçimizdeki Erkek

我らが刑務所の運動用の中庭は四角い井戸のようだ。大きさは四メートル×八メートルほど。徒歩で踏破できると思ったら大間違い。朝に歩き始め、夕方になってもどこにも到達できない。人間としては、ここをふたりで使っている。私とアブドゥッラー・ゼイダン議員。中庭は、人間様だけのものではなく、利用は蟻や蜘蛛と一緒だ。より正確には、刑務所が彼らの巣の上に作られたわけであるから、彼らこそが真の家主のように我々に対しふるまっている。これは本来さほど理不尽なことでもない。勿論、我々も主《あるじ》としての沽券《こけん》を守り、互いに敬意をふまえた関係を築いている。

蟻の巣の、壮大な協力体制に基づく粘り強い奮闘は、人間に生きる張り合いをもたらしてくれる。彼らときたら、絶え間ない戦いを、猛然たるテンポで紡ぐ。監獄の陰鬱な片隅でさえ、ただ黙々と見事な暮らしを作り上げているのだ。蜘蛛は蟻に比べればより冷ややかな生き物だ。あまり動くこともない。「おはよう」と声をかけたとする。奴がそれに引っかかることはない。いや、引っかけたりはしているけど、その引っかけはすべて巣を編み上げるべく使っている。

それからやっぱり雀が居る、案の定。屋根の端っこに見つけたらしき開《ひら》けた場所で巣作り中の夫婦の雀が。彼らは何日にも亘《わた》りくちばしで巣に麦わらの類《たぐい》を運んだ。そして本当の話、メスのほうがより働いていた。オスはたまにくちばしに小枝の断片を咥《くわ》えて辺りをぶらぶらしていた。せいぜいよくても、巣の入り口の網目部分に鎮座し、芸術家風を吹かせるばかりだ。もちろん言いがかりはよくない。おそらくそれが彼の仕事なのだろう。

巣作りは十日ほど続いた。その間、我々も窓の隅に水やパン屑を置いて助力を惜しまなかった。するとあるとき雀のメスが「お兄さん、ご親切痛み入ります。うちのぐうたら亭主に任せといたら、食い扶持《ぶち》なんて一生どうにもならず、私が食事の調達までしなきゃならなかったわ」と言ってきた。

「私に言っているのかい、奥さん」と驚いた私。「ええ、貴方ですわ。私のおしゃべりは分かるでしょう?」と彼女。真面目に耳を疑ってしまった。しかるに、私は子供の頃に多少齧《かじ》った鳥語を忘れていなかったらしい。

「いいんですよ、奥さん」と、私は言い「巣作りやら引っ越しやら大変なのに、その上、お食事のことでご苦労なさらなくても済むようにと思いまして。何か必要なものがあったら、どうぞご遠慮なく。ここではご近所同士ですから」と付け加えた。「すまないねえ、お兄さん」と彼女。我々がこのように話しているときオスが巣から出て来た。「誰と話してるんだ、おい、お前？」と妻に尋ねる。「別に」とメスは答えた。「ご近所さんに食事のお礼を言っただけよ」「中に入れ！」とオスの雀はメスを正面きって怒鳴りつけた。奥方は騒ぎを長引かせないよう、ぐっとこらえて巣に入った。かたやオス雀は私をジロリと睨みつけ「なんだい、あんた、何か用でも？」と尊大に詰問した。「いえいえ、私は奥さんに何か必要な……」「そっか、もう結構。あいつも何かあったら俺に言えばいいんだ」と鋭く言い放った。「了解です。それなら、ごきげんよう」と言って私は窓を閉めた。

数日後、奥さんが出産したことに気づいた。巣には二つの卵があった。我らがご近所さんに双子が生まれる。二卵性双生児だ。「子供が父親似じゃなければいいがなあ」と内心思った。通常、刑務所では生卵は禁止だった。だが、茹で卵から雛は生まれない。なるほど、ここでも生は禁止事項から出現するのだ。この時点で奥さんがせっせと巣作りをしていたのは妊娠中だったことが判明する。旦那は周囲を威嚇するのがせいぜいなのに。

ある朝、雀たちの異常な騒音で目が覚めた。中庭への扉はまだ開いていなかった。上の階の窓から巣はよりよく見える。飛び起きて、何が起きたかと窓から覗きこんだ。耳をつんざくような阿鼻叫喚。どこかでデモ隊が活動阻止されたのかと思うほどだ。

「カズ（作家はここでスッル・スレイヤ・オンデルのアクセントに倣い（催涙）ガスではなくカズと言い換えている）は撒かないで！」と誰かが叫んでいた。四羽のオス雀が巣を取り囲み、一斉にぴーちくぱーちく言っている。ご近所さん夫婦のほうは巣を守るべく、悲壮な戦いを挑んでいた。

騒動により、私が理解したところによると、来訪者は「国家公務雀」だった。膨らんだ羽の様子から隊長と思しき雀は「いいか、あんた、許可を取らずに巣を作ったんだ。異議申し立てはならぬ。我々が巣をとり壊すか、罰として孵化した雛のうち一羽を国家に献上するか、だ！」と公式的《オフィシャル》な調子で叫んでいた。他の三羽の国家公務雀も「そうだそうだ、献上だ」と隊長に加勢する。メス雀は巣の入り口で翼を半ば開き、「巣や赤ちゃんを取り上げたいなら、私を殺してからにしな」と、断固とした態度で抗戦していた。オスの雀は「ええ、愚妻は本当のことを言ってます。こいつを殺さないことにはうちの子は取り上げられませんよ」と抗議だか嘆願だか定かならぬ調子で訴えることを選んだ様子だった。

隊長と取り壊し隊は包囲網を十分に狭《せば》めていた。「最後の警告だ」と隊長は言った。「政府の命令に従わぬなら、二羽とも刑務所にぶちこむぞ」これを受け、隣人夫婦は振り返って同時に私を見、目と目があった。「どう思う、ご近所さん、どうしたらいい？」と問うかのようだった。「そりゃ、徹底抗戦あるのみだ」と言う思いで、私も見つめ返した。メスの雀は「最後の息を引き取るときまで戦うわ！」と勇敢にも叫んだ。オスの雀はもっと大声で「愚妻は最後の息を引き取るときまで戦いますとも！」と付け加えた。メス雀は瞬時も迷わず、公権力に体当たりした。鉄条網のなかで、想像を絶する騒ぎと完全なる混乱状態が起きた。四羽の国家公務雀に立ち向かう一羽のメス雀の抗戦の叙事詩が綴られるあいだ、オス雀は隅の方で間断なく「隊長さん、ちょっと待って、ちょっと待って、大騒ぎする必要なんてありません。だいたい子供ふたりは我々には多すぎるんでさ」などと口走り、懇願するように跳ねまわっていた。喧嘩のさなか、メス雀がオス雀に一瞥をくれると、その凄《すさ》まじい迫力に、オス雀は羽に身を竦《すく》め、焼き鳥肉ほどの大きさに縮こまってしまった。誇張なしに申しあげるが、かれこれ十分間、メス雀は独りで抵抗を続け、四羽の国家公務雀を中庭から追い出したのだった。何分も続いた激しい攻撃にめげず、巣と卵を守ったメス雀の根性は誠に信じがたいほどのものだった。私と同性の、虚勢ばかりの雀は私を見ていた。「そんな目で見るなよ、ハムザ君（時に、私は彼をハムザと名付けていた）、まずは君の内なる男とやらを自分で殺すべきなんだ」ハムザは私に虚ろな視線を送りつつも、その場では無言だった。続きは進展があり次第また書くことにしよう。

セヘル

Seher

夕べ、プナルとカデルは、姉セヘルの捏《こ》ねた染粉《ヘナ》を寝る前に手のひらに塗り、古い靴下を手袋のように手に被せて床に入った。しばらくすると、セヘルも姉妹の床敷きの布団の傍《かたわ》らに来て、横になった。幸福に浮き立つふたりはなかなか眠れなかった。一晩寝ればお祭り《バイラム》の朝なのだ。プナルは新しい晴れ着のことを飽かず考えた。初めて新しい服を買ってもらえたのだ。今まではずっとカデルのお古で我慢しなくてはならなかった。真新しい服を纏《まと》った自分のことを想像するだけで、胸がはち切れそうだった。カデルもバイラム用に靴を新調してもらった。その昂奮状態もプナル同様だった。布団の下で真夜中までクスクス笑っていた。姉のセヘルが叱ったところで平気だった。優しい姉が怒ったふりをしているだけなのを知らぬわけがなかった。セヘル姉さんは絶対に妹を傷つけたりしない。ふたりはついに疲れ果てると、姉に抱きついて眠った。

セヘルが寝付けない理由は別のことだった。ハイリの誘いに応じ、ケーキ屋で会うことになったのだ。ハイリとは同じ縫製工場で働いていた。バイラムの前日は半日で仕事が終わった。すると工場の出口でハイリが側に来て、恥ずかしそうに会おうと持ちかけてきたのだ。実はこれは久しく待ちかねた誘いだった。長い間、工場内でひっそり見つめ合っていたのだ。職場で噂になるほどに。この類のことは、工場内では誰も見過ごさなかった。

セヘルも結婚適齢期が過ぎつつある気がしていた。二十二歳だった。未婚のまま実家に残る恐怖を時々感じるようになった。同年代の娘たちは十八歳にならずして嫁がされ、子育てに追われていた。実のところ、セヘルにもひとつふたつ縁談はあったのだが、自分から断ってしまった。まさにハイリに熱をあげていたためだ。長身、波打つ髪、ぽってりした唇を備えたハイリは美男子といってもよい。かれこれ八か月同じ職場で働いていた。セヘル自身は実は四年間に亘りこの工場の職人だった。ハイリは兵役後にここで働き始めたのだった。

心地よい慌ただしさが家中に巻き起こした物音のせいで、皆早くから起床した。セヘルの父ガニ、三歳年上の兄ハーディ、十五歳の弟エンギンは犠牲祭の礼拝に出かけた。男たちが出て行ったあと、プナルとカデルは洗面所に急ぎ、両手の乾いたヘナを洗った。祝祭の朝の熱気ほど、この幼い子供たちを朝早くから活発に朗らかにさせるものはない。セヘルも手に付いたヘナを洗った後、妹たちの手助けをし、しっかりとヘナを洗い落としてやった。ふたりの手はざくろのように真っ赤だった。セヘルは小さな手のひらの匂いをくんくん嗅いで口づけした。母親のスルタンは台所に入り、既に朝食の準備を始めていた。男性陣がモスクから戻るまでに、朝食が調《ととの》っていなくてはならない。セヘルが手伝いをするため台所に向かうと、おしゃまなちびっこたちは晴れ着目当てで部屋に駆け戻った。別々の二部屋に敷かれた布団は手早く片付けられ、床置きの食卓に朝食が並んだ。家族全員が揃って朝食をとるのはバイラムの当日だけだった。男たちはモスクから帰ってくるとまずは皆、祝賀の挨拶を交わした。母スルタンをはじめ、皆がまず父ガニの手にキスした。父の方はプナルとカデルだけを抱きしめ、キスをした後、バイラムの小遣いを与えた。それから子供たちが母の手に口づけると、母は子供たち全員をたっぷり抱きしめてキスをした。兄弟たちも互いにキスを交わし、おめでとうと言い合った。プナルとカデルは兄のハーディからも小遣いを獲得した。セヘルも嫌がるのを知りつつ、弟のエンギンを抱きしめ長々とキスをした。普段ならばこの世の終わりのように抵抗されるところだが、今日はバイラム、しかも抱擁とキスはセヘルからのものだ。姉のことが大好きだった。姉もエンギンのことを特に溺愛し、いつでも彼の味方だった。セヘルは財布を開き、エンギンには自分が小遣いを渡した。はじめは遠慮していたが、姉から強いられると、しっかり抱きついてキスをし、受け取った。家族全員、楽しく団欒しつつ朝食を共にした。

正午まではバイラムのあいさつ回りが終わった。一家の男たちは個々に出かけていった。セヘルのハイリとの約束までは三時間ある。ただ、母にはまだ外出のことを言っていなかった。母スルタンは子供たちを溺愛していたが、とりわけセヘルは格別だった。セヘルは母にとって娘であると同時に、親友であり、秘密の打ち明け相手であり、相談相手でもあった。セヘルに対しては他の子供たちとは比較にならぬほど寛容な母は、一言二言だけ注意を与えると娘を送り出した。行先は尋ねなかったが行先が想像つくほどにセヘルのことを良く知っていた。

アダナ裁判所の向かいのケーキ屋でハイリと落ち合った。中に入ると、ひとりでテーブルに居たハイリは、立ち上がってセヘルの手を握った。「よく来たね。バイラムおめでとう」セヘルも「お疲れさま。私からもおめでとう」と震える声で返事をした。緊張で汗まみれだった。誰かと落ち合うのは初めてで、何をしたらよいのか、どう振る舞えば良いのか、見当もつかなかった。何年にも亘り、家から仕事場、仕事場から家を往復するだけの生活だったのだ。工場の娘たちが時々このような体験を話してくれることがあったが、自分自身が体験するのはまた別の話だった。何はともあれ、ハイリはことのほか平然とした様子だった。セヘルの鼓動が落ち着くまで、ハイリは当たり障りのない話をした。その後、少し自分の家族や昔の思い出話をした。話すにつれ、セヘルは打ち解け、気持が楽になった。まるで何年もハイリと一緒にいたような安心感を覚える。勿論これもやはり殆《ほとん》どハイリのおかげだった。その話しぶりで、彼はすっかりセヘルを魅了した。おそらくハイリはこの方面で経験豊富だったのだ。それでいい、それが普通だ、つまるところハイリは男なのだから。当然、他の娘たちとも逢引きしたことがあるのだろう。重要なのは、今現在、自分に対し、こんなにも甘く巧みに話しかけてくれることだった。ハイリは話すときに頭を前に乗り出すので、セヘルはその隙に彼を観察した。二時間が経過し、ケーキ屋を出て別れた時には、地に足つかずの状態だった。恋をしてしまったのかもしれない。シャキルパシャ地区の自宅まで歩いて帰った。道すがら、ハイリの事で頭がいっぱいだった。

時々、頬が燃えるのを感じ、時に眩暈《めまい》を感じた。自宅が近づくにつれ、禁断の密会の魔法は、恐怖と入れ替わった。父親や兄ハーディに知られでもしたら、半殺しだ。気を付けなくてはならない。誰にも何も気づかれてはならない。現時点では母親に打ち明ける勇気さえないのだ。帰宅した時、男連中はまだ戻っていなかった。母親は察しつつ何も尋ねなかった。どう転んでも、時が来たら娘は説明してくれるはずだ。

早めに寝床を敷いた。プナルとカデルは一日の疲れから、気を失ったようにぱたんと寝てしまった。セヘルも傍らに横たわったものの、何時間もハイリのことを考え、夢想に浸った。結婚式のことを想像した。花嫁衣裳のことも……家具を配置し、新居に自分がハイリと二人きりでいることを想像した。恥じらいに頬が真っ赤になった。いつしか眠りに落ちたが、その自覚もないほどだった。

　朝食の席にはまた全家族が揃った。初日の浮かれぶりには及ばないながら、やはり一家は上機嫌だった。セヘルは相当に注意深く振る舞い、逢引きの件を悟られぬよう、その場にいる誰の顔も見ないようにしたほどだった。食卓には、他にもふたり、互いに顔を見合わせない人物がいた。父ガニと兄ハーディだ。昨夜、アダナの売春宿でばったり出くわしてしまったのだ。互いにそ知らぬふりで通り過ぎたものの、ふたりとも互いを見かけたことを認識していた。こうした状況下では男同士の秘密協定に則《のっと》り、何事もなかったかのように振る舞うものだった。そうは言っても、彼らは朝食の時には互いの顔を見ず、一言も口をきかなかった。婚約して一年になるハーディの、この夏の結婚式に関する話題の時にはふたりとも極めて気まずい思いをした。

　バイラムが明け、仕事が始まった。セヘルは胸がドキドキしていた。一日中ハイリから目が離せず、昼時も食堂で同じ机に座った。他の男性職員を眺めるにつけ、自分の幸運を噛みしめた。一番美形で、一番性格がいいのがハイリであり、その彼がこれだけ沢山の娘たちの中から自分を選んでくれたのだ。まるでおとぎ話の中に居るようで、このまま時よ止まれ、と思った。

夕方、仕事が終わると一緒に工場を出た。セヘルが別れを告げると、ハイリははにかみながら、「友達が車で俺を迎えに来るんだ、よかったら君も家に送るよ」と言った。「迷惑じゃないかしら」とセヘル。「迷惑なもんか、どうせ君の近所の方へ行くんだから」とハイリは説得した。「それならいいわ。でも道の入り口のところで私を降ろしてくれればいいから」不安を理解したように「勿論さ、君が望む所で降ろしてあげるよ」とハイリは請け合った。

車に乗り込む時、ハイリは友人を紹介してくれなかった。互いに挨拶をしただけだった。車を運転している男と助手席の男は時々囁き声で会話をした。ハイリもろくにセヘルと話さなかったし、運転手に行先も告げなかった。大通りからバルジャルのジャンクションに入った時には辺りは暗くなっていた。セヘルは焦って申し出た。「道が違うわ。私が住んでいるのはシャキルパシャよ」「心配しなくていいよ。貯水湖方面をドライブして、散歩でもと思ってさ。その後、家にはちゃんと送るよ。ちょっと気分転換にもなるだろ」と、ハイリがなだめた。「でもあまり遅くなっては困るの。家の人が私を待ってるから」セヘルは緊張を露《あら》わに訴えた。

しばらく進んでから車は突然森へと続く道に曲がった。セヘルの鼓動が早まった。林道を少し進んでから止まった。「降りてちょっと散歩でもしようよ。森の空気はすっきりするよ」とハイリは言った。「いやよ、降りたくない。すぐに家に帰らなくちゃ」とセヘルは怯えた様子をみせた。ハイリは腕を摑んでセヘルを外に引きずりだした。「降りねえなら、なんで車に乗りやがったんだ」と、怒号が飛んできた。セヘルにはこの声がハイリのものか、もしくは他の男たちの口から出たものなのか分からなかった。この声はハイリのものであるはずがなかった。他のふたりも車から降りて接近してきた。ひとりがセヘルの腰を抱え込み、もうひとりが髪を摑んだ。ハイリも加担し、地面に転がされた。ひとりが両脚、もうひとりが両手を、足首と手首とのところで固定した。息が出来なかった。悲鳴をあげようとしたが、喉から声が出なかった。世界が静止し、全てが静止した。ただハイリだけが動いていた。

歩道の隅で我に返った時、まずは夢かと思った。目を覚まそうと必死になったが、元々目は覚めていた。服は破かれ、両脚は血まみれだった。「私、車にぶつかったんじゃないかな」と考えた。そうでなければならなかった。脳裏に過《よぎ》る出来事が現実であるはずがない。車と衝突した拍子に気を失い、悪夢を見たようだ、と思うことにした。周辺の路地はやけに静かだった。小さな工業地帯の一角のようだが、正確な場所は定かではない。車の音を頼りに、大通りに向かって歩いた。通りに出ると、居場所を認識した。自宅にほど近い場所だった。歩き始めた。努めて何も考えないようにした。

ドアを開けたのは母だった。開けると同時に痛ましい悲鳴をあげた。それから、質問の雨。「何があったのよ？　何があったの、大事な私の娘や」セヘルは何も言えなかった。声は喉に詰まった。

男連中はまだ帰っていなかった。地元の野菜市に出店中で、朝は早く出かけ、夜遅く帰宅するのだ。母親はセヘルを風呂に連れて行った。プナルとカデルは怯えた目で姉を見ていた。娘の服を脱がせ、その身体の紫斑や血痕を目にすると、母スルタンは涙を抑えることができなかった。娘の髪にその顔を埋めて泣き、泣きながら娘に洗面器で何度も熱い湯をかけた。涙は止まらず、湯に混じった。母は自らの涙で自分の娘を洗った。髪を梳《す》いてやっては、何度も洗った。セヘルはやっと人心地がついたものらしく、魂を焼き焦がす悲鳴をあげた。数時間を経て初めて、セヘルの喉から迸《ほとばし》ったこの絶叫は近隣一帯に轟《とどろ》いた。母と娘は互いに抱き合った。起きてしまったこと、これから起こるだろうことのために、泣きに泣いた。

母はセヘルを拭いて乾かしてやり、パジャマを着させた。寝床に横たわらせ、布団で覆った。枕元に座り、その髪を撫でてやりながら、母は祈っていた。プナルとカデルは隅っこに隠れながら、この出来事を見守っていた。セヘルは眠った。甘い、安らかな眠りだった。母の胸に抱かれた赤子のように。その顔にはただ、疲労の色があった。娘をそっとそのままにして、母親は立ち上がり、小さな娘たちを連れて静かに部屋を出た。

しばらくすると玄関扉が荒々しく叩かれた。男連中が帰ってきた。近所の人たちが電話で連絡したらしい。通りで血まみれのセヘルを見たと知らせる者もいれば、自宅から放たれた悲鳴のことを伝える者もいた。男たちは慌てて自宅に駆け戻ったのだ。「セヘルに何があった?」と父ガニが尋ねた。「今は寝ているわ。大丈夫よ」と母は受け流そうとした。「何があったんだ?」ともう一度父が尋ねた。「起きたことは起きたことよ」と頭を真っすぐ据えて、母スルタンは言った。

父親とハーディは凍り付いた。エンギンには何が起きたのか分からなかった。父はハーディに向かい「おじさんに連絡しろ、すぐに来てもらうんだ」と有無を言わせぬ態度で命じた。母スルタンは懇願した。「こんな時間に誰にも連絡しないで。一夜明ければ良いように転ぶかもしれないわ」と。「この件に良いも悪いもあるか」と父は言い、「死んでもらうしかない」と付け加えた。スルタンは夫の脚に縋《すが》りついた。「あの娘《こ》は何も悪くないのよ。私の娘を殺さないで」と言葉を尽くしたが、夫は態度を軟化させる兆候すら見せなかった。

ほどなくして、セヘルと同じ地区に住むガニの兄にあたるふたりのおじたちが家に来た。男たちはしばらく部屋に籠って協議した。母は娘の側を離れなかった。髪に口付けし、匂いを嗅ぎ、泣きながら、黙って枕元に座っていた。おじたちは何も言わずに出て行った。セヘルの眠る部屋にハーディが入ってきて、「母さん、あんたは外に出ていてくれ」と告げた。母は「出て行かないわ。娘を放っておけない。連れて行くなら、私も一緒に連れて行くがいい」と、決死の覚悟で抗戦を試みた。「首を突っ込むな、母さん。これは母さんの問題じゃない。俺たちの名誉の問題なんだ」とハーディは言った。

「お前たちの名誉なんてどうでもいいことさ」と母は叫んだ。「この娘は無実なんだ。近づくんじゃないよ」セヘルは朦朧《もうろう》としながら眼を開け、兄と目があった。互いの眼に涙があふれたが、ハーディは厳しい表情を崩さなかった。セヘルは全てを理解した。起き上がるとのろのろと風呂場に行き、着替えた。着替えが終わると母の傍らに戻り、別れの挨拶をする許しを兄に乞うた。ハーディは部屋から出て行った。セヘルは母をしっかりと抱きしめた。ふたりとも泣き崩れて口がきけなかった。プナルとカデルも怯えて泣いていた。セヘルは小さな妹たちを何度も抱き締め、その匂いを嗅ぎ、キスをした。

「姉ちゃんのこと、忘れないでね、いい?」幼子たちは何が起きたか理解できないものの、不吉な事だとは察し、姉の抱擁から離れたがらなかった。

父親が外から声をかけた。「外に出ろ。行くぞ!」母スルタンは娘を背後に庇った。「まずは私を殺してよ」と毅然として言った。夫は平手打ちを食らわせ、母は床に倒れた。

「退《ど》きやがれ」と罵倒した。床から起き上がらないまま夫の脚に齧《かじ》りついて、懇願し、殴打され、満身創痍となった。それも虚しく、取りつく島もなかった。父親はセヘルの顔も見ずに手振りで扉を示した。セヘルは項垂《うなだ》れて歩いた。一同は外で待機していた軽トラックに乗り込んだ。近所の人々はカーテンの隙間からセヘルの連行を目撃していた。

道中は誰もが沈黙していた。セヘルはエンギンと一緒に後部座席に座っていた。エンギンの手をしっかり握り、離さなかった。父に対する恐怖さえなければ、エンギンは姉を抱き締めたくてたまらなかった。町はずれの空き地の端で停車した。まずはセヘルが降り、他の者たちが降りてくるのを待った。美しい、清らかな顔が月明かりに照らされていた。父親を先頭にして、後ろにセヘル、その後にハーディ、最後尾にエンギンが続き、一列になって、空き地の中央に向かって歩いた。アダナの寒風に大地は凍っていた。堅い土を踏みしめる時の音以外は何も聞こえなかった。父親が止まると後続の者たちも止まった。父ガニは向き直り、腰から銃を抜いて、エンギンに差し出した。いたたまれない様子でその光景を見て、初めてセヘルは取り乱した。「父さん、お願いだからエンギンを犠牲にしないで。この子はまだ子供なのよ。牢屋なんて耐えられないわ。私が自殺するから。やめて、私は自分を父さんのために犠牲にするから。父さんはエンギンを私のために犠牲にしないで」と訴えた。父親は涙をこらえながら「受け取れ、息子よ。受け取るんだ、エンギン。

この件はここで始末をつけろ」と厳しく言った。エンギンは手を伸ばして父が持っていた銃を受け取った。当惑と恐怖がその顔から読み取れた。大気は冷えきっていた。エンギンは子供で、銃は重く、その手は震えていた。ハーディは感情を押し殺そうとしながら、セヘルに「ひざまずけ！」と命じた。「手に口づけするのを許して」とセヘルは疲れ切った様子で願い出た。父が伸ばした手に口づけしてから額におし抱く時、「父さん、お世話になりました」と言った。父はもう片方の手で眼を拭おうとし、辛うじて「いいんだ、娘よ。お前にも世話をかけたな」と口にした。「もういいの」と娘は言った。振り返って兄ハーディを抱き締め、別れの挨拶を交わした。ハーディは彫像のように沈黙と不動を保った。最後にエンギンを抱き締めた。エンギンも銃を地面に置いてひしと姉を抱き締めた。セヘルは何度となく弟にキスをした。髪の匂いを肺いっぱいに深く吸い込み、弟を離そうとしなかった。

セヘルは地面にひざまずいた。エンギンは姉のうなじに銃口を押し付けた。銃身は震えた。

「エンギン、あんたにこの身を捧げるからね」とセヘルは言った。「怖がるんじゃないわよ。姉ちゃんの命をあげるんだから。何も怖がらなくていいし、誰のことも怖がらなくていいの。牢屋に入ったら身体に気を付けるのよ」と幼い弟を元気づけた。

エンギンはきつく目を瞑った。「セヘル姉ちゃん!」と叫んだ。その声に銃声が混じった。遠くのポプラの木立からカラスの群れが飛び立った。うつ伏せにセヘルは地面に倒れた。熱い血がチュクロヴァ平原の凍った大地に滴《したた》った。氷の上を流れ、その手のヘナの染め痕に混じった。

夕方、三人の男が森で盗んだ、セヘルの夢を。

真夜中、三人の男が空き地で奪った、セヘルの命を。

掃除婦ナっち

Temizlikçi Nazo

今ごらんになったルノーのステーションワゴンはうちの地元の車で、中に居るのも地元の若者たちよ。ハリメおばさんの息子たちなの。運転席に居るのが長男のユスフ、三人はユスフの兄弟、ひとりがいとこのムヒッティン。荷室のちびっこはムヒッティンの息子のスレイマン。みんな天井の石膏装飾の仕事をしていて、荷室の用材はそのため。仕事さえあれば、馬車馬のように働くわ。かなりの技能集団ね。でも仕事は常にあるわけじゃない。仕事を見つけるのはユスフ。外注先の殆どはユスフのことを知っている。しっかり者なの。中学中退で、同じ地区に住むスヘイラと婚約中。スヘイラはオルハンおじさんの娘。オルハンおじさんは元用務員。そうこうしてたら、青信号、こっちが動き出す。スレイマンは最後の最後で気づいて、荷室から私に手を振る。私も乗り合いのミニバスの中から手を振る。

私の名前はナーザン。十八歳。中学は卒業したけれど高校には行けなかった。小さな妹がふたりいる。私たちのことはお母さんが育ててくれた。お父さんはママック市役所で働いていたけど、私が五歳の時に死んだ。すごい優秀な車の整備士だったみたい。市役所内の整備場に点検のため回されてきたバスの下で作業中、ジャッキが倒れたんだって。お父さんが死んだ時、お母さんは妊娠八か月だった。お父さんは遺児年金を残してくれた。あと、車雑誌。お父さんたら車好きだったの。毎月車雑誌を買ったり、新聞の車の写真を切り抜いたりしてた。憧れの車は黒の「マスタング」。そのポスターを台所の壁に飾ってた。ずっと、いつか絶対車を買うぞ、とお母さんに言ってたそうよ。お母さんはマスタングのポスターを剝がさないでくれたから、まだそこにある。私はお父さんの遺品の車雑誌を読みながら育った。だから私も車好きってわけ。

お母さんは色々なおうちの清掃の仕事をしていた。遺児年金が足りなかったからよ。中学を出た後、私も時々お母さんと一緒に掃除に行くようになった。そういう時には、妹のナビレとギュルバハルはご近所さんのハスレットおばちゃんに預ける。清掃の仕事をばっちり覚えた私は、お母さんに「もう行かなくていいよ。私が働くから」と告げた。私が家々を掃除するようになって一年が経つ。

私たちの家はママック地区のスラム街にある。ここでは誰もがお互いを知っている。みんな貧乏だけど、誰も貧乏を嗤《わら》わない。自分たちの貧乏に直面させられるのは、むしろ町なかに出た時だ。清掃に行くときには民営バスに乗る。絶対、窓際に座るの。私は車とその中の人を観察しなきゃ気が済まない。赤信号やのろのろ運転の時は車を観察して道中を過ごす。例えば今、隣に停車しているのは、八六年製ファーゴの軽トラに乗るハイダルおじさん。荷物を運搬する仕事なの。勿論、積み荷があれば、の話だけど。地元では大通りに出る小道の角のところでいつも待機している。チョルム県出身。ふたりの娘は大学で勉強している。奥さんのベシメさんは三年前に車に轢かれて、寝たきり。ぶつかった奴はそのまま放置して逃げたそうよ、死んじゃったと思って。娘さんのひとりは去年逮捕された。大学でデモに参加したらしい、マドゥマック事件（別名シヴァス襲撃事件。一九九三年シヴァス県マドゥマック・ホテルに集まった知識人たち三十七名が反アレヴィー派のデモ隊の放火により殺された）に抗議するために。

あ、青信号だわ。

うちの地区って人も車も分かっちゃう。お互い似ている。みんな草臥《くたび》れてて、年季が入ってて、貧困の匂いがして、塗装もはげている。髪とか髭はボサボサ、旧型モデルで、ハンドルは両手で握り、そのハンドルこそが飯の種。大通りに出ると、車も中の人も多様化する。公務員も居ればサラリーマンも居る。女性運転手が居るし、イケメンの男の子も居る。車も地元に比べれば新しい。見て、たとえば今私たちの横を通った灰色のパッサートに乗る男女カップル……共働きと見たわ。女は銀行員かもしれない、男はどこかの管理職みたい。まずは女を銀行に送って、それから仕事に行くの。結婚生活も長いんだわ、義務として同じ車に納まっているような感じだもの。時々短い言葉を交わすけど、お互いの顔も見やしない。結婚生活も義務に変わったのね。車はローンで買ったはず。月々の支払いも割り勘。なのに、男は車の所有者は自分のように振る舞っている。それがまさに運転席の得なところね。

あ、車が流れた。今、横に居るのは白の国産車《シャーヒン》。ろくでもない改造済。中にいる四人の若者はうちの地元じゃないけど、同じ穴の狢《むじな》。絶対、仕事に向かう途中ね。週末はいきがって地元を練り歩く類の若者だわ。反対車線には、赤信号でボルドーのBMW740が停車中。最高にイカす車。私がお掃除をしているうちのご主人もこれと同じのを持っている。ナンバープレートまで同じだわ。ちょっと待って！　そもそも乗っているのはムラトさんじゃん。でも隣の女は奥さんのセヴギさんではない。会社の同僚とかかな、もしかして。うわ、ヤバい！　女の人の唇にキスしちゃってる！

あ、青信号。

目の錯覚だったのかしら。いやいや一番いいのは見なかったことにすること。セヴギさんは医者、救急専門。ムラトさんは建設会社を経営している。結婚して四年、子供は居ないけど、ものすごく仲良し、うん、そのはずなのよ。クズライ広場には交通規制がかかっていて、私はバスから降りた。仕方なく歩く。クズライからまた民営バスに乗らなきゃ。セヴギ夫婦はチュクラムバルのマンションの十四階に住んでいるの。私は週二でお掃除に入る。ありがたい事に、私の働きに対し、多すぎるくらいのお給料をくれるの。

クズライではデモをやっているみたい、多分。催涙ガスを投げたらしくて、ここまで匂ってくる。目が痛くなってきた。だんだん息をするのが苦しくなる。周りの人たちも窒息しそうに咳込んで、右往左往状態。私も逃げたほうがいいのかな？　反対側に渡って、路地に入るのが一番ね。

突然頭に痛烈な打撃を食らった。私の頭、真っ二つかも。倒れる私。なんなら窒息しかけている。そう、私もこれで終わり。それは了解、でもなんで今死ぬの？　誰に殺されたの？　まあいいや、どうせもう過去のことだもん。うつ伏せに顔面から地面に激突したから、鼻も折れちゃったと思う。通りの真ん中に座って呆然と出来事を見守る私。現実感がないほど迫真的《リアル》。鼻から流れる血が口に溢れる。髪を摑まれ引きずられる女性たち、警棒の下でスローガンを叫ぼうとする若者たち、石を投げる人、プラカードの棒で防戦する人、装甲車、放水、サイレン、サイレン……。

そして私は今、救急車に居る。顔には酸素マスク。車内には他にも怪我人がいる。でもみんな立ってる。担架に寝ているのは私だけ。救急隊員が三人同乗してて、そのうちひとりは医者かもしれない。隊員のひとりは髪をジェルで固めた男の子だけど、イケメンてわけじゃない。どう見てもカッコつけのために給料を使っちゃってるから、車は持ってないはず。山ほどジェルがあるだけ。女の隊員はもっとアッサリした感じ。仕事をする一方で、私たちを殴った奴らのことを毒づいている。明らかに組合員だわ、顔が怒っているけど、眼が温かい。時々私に「大丈夫？」って、訊いてくる。「大丈夫」の印に、頭を揺らす私。この人、車は持ってないけど、結婚してるわね。旦那さんには車があるかも。医者はふたりの隊員よりもっと若い女性。隊員ふたりはその人にずっと「先生、先生！」と呼びかけている。でも彼女は明らかに動転していて、自分が医者だってこと忘れているわ、その瞬間。独身で、車は持ってない様子。組合員の冷静な女性、救急車を仕切っているのは彼女のほうね。

どうやら着いたわ、救急車の扉が開いた。担架で私は下ろされる。駆け足で救急外来へ。私の担架を両側で持っている若者たちは落ち着いていた。同じ地元じゃないけど、同類ね。もう生まれつきずっと担架で急患を運んでたんじゃないかってほどだわ。ふたりとも独身。ひとりは誰かのお下がりのバイクを持っているかも。毎日救急病棟で色々な修羅場を潜《くぐ》り抜けて来たんだな、って感じ。右に左に大声で指示する様を見てると医学博士《プロフェッサー・ドクター》かと誤解しちゃうほど。ここを仕切っているのも彼らなのね、おそらく。救急外来はすごく混んでいた。悲鳴をあげたり唸ったりしてる怪我人でいっぱい。そのふたりの「博士《プロ》」が私をヨイショッと持ち上げてベッドの上にのっける。それから担架を持ってまた駆けだしていく。

しばらくそのままベッドで待つ。手を頭の後ろにやってみる。脳ミソが流れ出しているだろうから。血まみれの脳のかけらを掴んだんじゃないかって覚悟しながら手を見てみた。まっさらじゃん。もう一度よく調べてみた。うん、頭は割れてないみたい。でも、自分の手のひらに余るほど膨れてた。

手術着を着た、男女混成の看護師軍団が私の枕元に押しかけてきた。あまりにもせわしなく動いてるから、誰が誰だかわかりゃしない。みんなすごく若かった。絶対車なんか持ってないような独身の学生たちだ。「先生、この患者も頭を負傷しています。鼻も折れているかもしれません」と若者のひとりが言った。「先生」と呼ばれた女医は白衣のまま屈《かが》んで、私の頭と顔を調べた。目が合った時、「セヴギさん！」と叫んだ。驚いた眼で私を見返してきた。「どなた？　存じ上げないわ」ってことは、判別がつかないような状態なんだ、私。そうじゃなければ知ってるはずだもの。「私です、ナーザンです！」彼女は「なんてこと、ナーザン！　どうしたの、あんたこんな目にあって」と叫んだ。両手を開き、「こっちが知りたいわ」の身振りをする私。「了解、分かったわ。すぐにレントゲン室へ」と指示が飛ぶ。レントゲン撮影をして、また戻された。セヴギさんは枕元でレントゲン写真を観察して「とにかく深刻ではないわ。骨折やヒビや内部出血はないみたい。でも一晩は救急病棟に泊まるのよ。明日もう一回レントゲンを撮って調べてみましょう。今は傷に被覆材を貼って、点滴をするわ、しばらくしたら痛みが和らぐはず」と言った「お母さんが」と私。「お母さんに電話しなきゃ」「心配しないで、私が連絡しとく」と言われた。その時、無線を手にした警官たちが入ってきた。警察は「デモ現場から連れて来たのはどれだ？」と救急隊員に尋ねた。誰も返事をしない。いきり立った捜査班長は「ここの責任者は？」と怒鳴った。「私です」とセヴギさんが歩み出て、自己紹介した。班長は質問を繰り返した。「私どもには分かりません」とセヴギさん。「我々の仕事は治療ですから、誰が誰だかは関係ありません」と付け加えた。班長はセヴギさんを睨みつけた。「全患者の身分証明書を集めろ」と他の警官に指示をした。セヴギさんが割って入った。「ここでは我々の治療の邪魔です。今は出て行ってくれませんか？　応急処置が終わったら、そちらもご自分の職務を果たせばいい」「この女医殿の名前も控えろ」と班長は脅迫的な態度で答えた。セヴギさんは私のベッドの傍らに来て佇《たたず》んだ。警官のひとりが私にも身分証明書を要求すると「この子は私のところで働いている家政婦よ。掃除中に階段から落ちたんです」と言った。警官は納得した風な視線を送ってきた。やけに若い人だった。視線からして貧乏っぽかった。車はないはず。班長が後ろから怒鳴った。「こいつの身分証明書も預かれ」班長は貧困層出身だったけど、車も手に入れたことで、貧困から少しだけ抜け出している。きっとフォード・モンデオの中古車だわ。セヴギさんは異議をとなえる姿勢をみせた。「あんたの言ったとおりだったら問題にはならん。心配しなさんな」と意味深な口調で班長は言った。「焦らなくていいわ。身分証明書をちょうだい。すぐにムラトに電話してあげる。ムラトには弁護士の友達が居るから、すぐになんとかしてくれるわ」セヴギさんが私に向かってそう言った瞬間、ムラトさんのＢＭＷでの様子を思い出した。自分のことは忘れて、セヴギさんが気の毒になってきた。身分証明書を回収し、救急外来の入り口にふたりの見張りを配置して、警官は去った。創傷被覆材のあとの点滴と鎮痛剤のおかげで私は少し楽になった。鼻にも包帯を巻いてもらった。目の周りが腫れているのを感じる。膝小僧も地面に倒れた時に両方擦りむいたらしくて、ひりひりと麻痺してた。

　数時間後、班長と警官たちは戻ってきて、私を含めて八人の負傷者を追加で拘束した。セヴギさんは猛抗議してくれたけど、聞いちゃもらえなかった。護送車でも私は窓際に座る。出発した。隣にはアウディＱ７を運転する男の子が居て、どう見ても親のすねかじりだった。音楽をガンガンかけて、ハンドルを叩きビートを刻んでいた。金にモノをいわせて、私立大学に通ってるんだわ。来年にはジープにも飽きて、メルセデスＣＬＸを欲しがるんじゃないかな。親父のほうも買ってあげるよね、きっと。この坊やなら、そうこなくっちゃ。とどのつまり、うちの地元の子とかじゃないんだもん、なんであれね。

あ、青になった。

その晩は警察の独房で過ごした。眠りと気絶の狭間の、悪夢の一夜。朝、「弁護士が来たぞ」と告げられた。ムラトさんが送り込んでくれたらしい。一部始終を弁護士に説明した。「分かった」と弁護士は言い「心配しないで。最善を尽くすから。君が裁判にかけられないようにするよ」弁護士さんは既婚で、人生で一度もうちの地元に足を踏み入れたことがない人だ。ボルボS70を持ってるかも。「裁判てどういうこと?」と私。「裁判にかけられるようなことは何もしてません!」「勿論、それは知っているよ、でも今日の各紙の見出しのところに君の写真が載ったんだ」と、革の鞄《かばん》から新聞を取り出した。一面の「暴圧!」という見出しの下に、血まみれの顔で通りの真ん中に座っている私の写真があった。

「それはともかく、私は何もしてません」と怯えて言った。弁護士は警察署では黙秘権を使い、検察庁では全てをありのままに話すように指示してきた。もしも私が勾留されることになったら、その時また会おうと言って、握手すると、去っていった。後ろから「お母さんに私は大丈夫だって伝えてください、よろしくお願いします!」と叫んだ。弁護士は手振りで了解のサインを送ってきた。女性警官が腕をとり、私をまた独房に連れ戻した。この警官は私と同類だった、母親は掃除婦をしながらこの人を学校に行かせたのかもね。独身で、今のところ、車はまだ憧れの域。

二日後「裁判所に行くぞ」と私たちは監房から出された。私以外に四人の女性が拘束されていた。護送車では窓際に座る。車が満席になると、出発した。ウルスからスッヒーエ方面に下る時、隣で白いフォード・フォーカスを運転する女性が目に入った。絶対薬剤師だと思う。オシャレな服、ミニスカート、サングラスで決めて「あたしはこんな下町の人間じゃないし」と主張している。車は会社のものだ。独身。幸せぶった顔の仮面の下に、なにやらホントのドラマがあるみたい。車と同じく、自分の幸福も会社が命綱《いのちづな》だってことを知っているんだわ。

あ、青。

検事は短い質問をし、私も短く答えた。貧困の残り香をまだ引きずった若い検事だった。既婚、中古の日産アルメラを所持しているはず、きっと。この人は貧乏が大嫌い、そこから早く車で遠ざかりたいかのようだ。私の顔を見たのは一度きりだった。弁護士も「解放されてしかるべき」というようなことを言った。「外で待っていなさい」と検事は命じた。四、五時間立ったまま廊下で待った。全員の供述が終わると「勾留」と言われて、私を含め十五－二十人が分けられた。

「勾留って何なのよ？」と私は泣き出した。弁護士が私を慰めようとする。そのすぐあと、判事の前に立たされた。判事も同じ質問をするから、また同じ返答をした。判事は既婚、貧乏のことは記憶の遥か彼方。新車のスコーダのスパーブを持ってる気がする。なんとなく。シートは本革、色は黒。

私たちは宵闇を裂いて、シンジャン刑務所に向かっていた。護送車では窓際に座らせてもらえなかったから、私は道中ずっとむくれてた。護送車では無線の音以外なにも聞こえなかった。刑務所の入り口で、女性看守に服を脱げと言われ、身体検査があった。看守はみんな私たちの同類で、貧困から抜け出せないことを知っていた。自家用車の購入を夢見ることからも、遠い位置に居る。この人たちの貧乏の原因は私達じゃないのに、そうであるかのように振る舞っていた。

私は六か月という刑務所に居る。雑居房は八人部屋で、みんな私の地元の威勢のいい女たち。二か月後、裁判に出廷する。お母さんは毎週面会に来てくれるわ。また清掃をするようになったんだって。セヴギさんが私によろしくと言っていたらしい。お母さんは最初の頃は面会で泣いていたけど、今は前よりマシ。先週は私の誕生日だった。房の仲間はビスケットでお誕生日ケーキを作ってくれた。それが車の形だったの。みんなで爆笑した。

私はお父さんの娘だ。ポンコツ公営バスの下敷きとなってマスタングの夢を絶たれた男の子供。働く女性としてここに来た。生まれてこのかたデモに参加したことなんかないけど、ここで、私たちの地元の別の面を見せてもらった。多分、私は刑務所には長く居ないかもしれない。だけどこの六か月だって、己を知るには十分だった。それに、ひとつ大事なことをここで学んだの。決然と、勇敢に歩けば、人間の足は時に車より速く進める、ってことを。私の名前は「掃除婦、ナっち」。アンカラよ、私を待ってて。

知ったかすんなってば

Bildiğiniz Gibi Değil

縄を首にかけ、俺は迷いなく丸椅子を蹴った。椅子が床に転がる間、目を天井に据え何度も考えた。全人生がフィルム映像のように目の前に流れ出すはずだった。それを待ったが、そうはならない。そのままかれこれ十分が過ぎた。フィルムのコマは全部あの娘《こ》の笑顔だった。ただあの娘《こ》の存在と、同じコマだけのイメージフィルムで成り立っているような俺の人生も、ここで終わるはずだった。もしも俺が床であおむけに寝ていなかったとしたら。……人間は寝ながら首吊りは出来ないらしい。それを発見したことで、心に新たな生きる意欲が芽生えた。起き上がって、縄を首から外した。自殺未遂の日課を終えてほっとした俺は、台所に入った。卵を三つ割って朝食を作った。髭を剃り、着替えて、外に出た。

エレベーターで元暴力団のカディル組長に出くわした。「おはよう、くみちょ」と俺が言うと、「おはよう、ムスティ、元気か?」と彼が言った。「まあ元気だよね。とりあえず」と俺。「知ってる？　カディル組長、俺、さっき自殺しようとしたんだ」と告げたくなった。抱きしめてヨシヨシと髪を撫で、惜しみない同情を注ぎ、慈悲を垂れて欲しかった。でも、言わなかった。ただ、さっき自殺未遂をした人間のような目つきをしただけだ。察して欲しかったんだ。何も言葉をかけてもらえず、俺は凹んだ。

エレベーターを下りた後、彼は立ち止まり、振り返ると「お前さん、その目、どうかしたんか？」と訊いてきた。泣き出さないように、必死でこらえた。「別に何も。とりあえず」と答えた。「じゃあ、兄ちゃんよう、なんでまたエレベーターでサングラスをかけているんだ」たまげたね。ロバから落ちたスイカの民話のロバのほうになった気がした。

あてどなく路地をいくつかフラついた。今日は仕事に行かない正当な理由がある、と自分に言い聞かせた。なんせ失業中だからだ。この二か月はずっとそうだ。仕事っつっても、短期間ピザ屋の配達をしただけ。ま、たった一日なんだけど。初日に配達用のバイクを盗まれたもんで「お前なんか二度と来るな！」と言われちまった。その前はそもそも全然働いてない。ありがたいことに、親父から毎月送金があった。ピザ屋に勤め始めたとき、「もう送らなくていいよ。必要ないんだ」と俺は口をすべらした。次の日、クビのことを電話で告げるなんて恥ずかしすぎた。だから親父は俺をまだピザ屋だと思ってる。なんなら自分でピザ屋を開いたと思っている。先週電話してきたとき、「おい、ずっと訊きそびれてたんだが、ピザって何だ？」と訊いてきた。カルルオヴァの高原に居るらしく、通話状態が悪かった。雑音の間を縫って、「下見張りの材料だよ」と言ってやった。親父が「そりゃいい」と言うと、電話が切れた。しばらくすると、また電話。「下見張りってなんだ？」だと。俺が黙っていると、通話は途切れた。

歩き続けると、流れでそのままベルナの家の前に来た。この時間、ベルナは家に居ない。銀行で働いている、それか銀行のためにどこかで働いているんだ。「お客様どうぞ、クレジットカードをお作りしましょう」と彼女は言った。「結構です」と俺。強く勧められもしたが、作ろうとしないでいた。「身分証明書のコピーを頂くだけで大丈夫ですよ。その先はこちらでご用意いたしますので」と言われた。もう断っちゃ悪い気がした。「分かりました」と俺。「では、お作りしますね」と彼女。スーパーの入り口のスタンドでテキパキと処理をした。胸のところの名札に「ベルナ」とあった。だから名前を知っているんだ。彼女も俺の名前を知っているだろう。コピーを取る時、身分証明書をしばらく見ていたから。七か月が過ぎたけど、絶対忘れてないはずだ。素敵な笑顔で俺に微笑んだからには。翌日もう一度会いに行った、自宅まであとをつけたけど、気づかれなかった。それから数日、スーパーの前に彼女の姿はなかった。銀行に行って、訊いてみた。整理券をとってお待ちくださいと言われた。順番が来た時、もう一度訊いた。二度と来るな、と言われた。

二度とベルナには会えなかった。毎日自宅の前で朝な夕な待ち構えていたのに、どうしても遭遇できなかった。笑顔だけが俺に残された。

親父は俺がイスタンブールで建築工学を勉強していると信じている。四年経ったから、本来卒業していなきゃならない。実際は、俺は高校中退だから、大学入試も受けられなかった。去年、地元で親父が実家の土の屋根を取り壊して建て替えようとしたとき、俺に相談してきた。「そこまではまだ勉強してないんだよなあ」と俺は言った。ベルナが「ご職業は？」と尋ねた時も「建築技師です」と答えた。クレジットカードはまだポケットの中だ。二か月返済しなかったら、止められた。捨てるに忍びなくて、ラミネート加工をして財布に入れた。先月、自宅に債券回収業者が来た。「ムスタファさんは貴方ですか？」と訊かれた。「どうぞ」と俺。家財道具を持っていかれた。本当は、もしベルナを捕まえられたら、どうして返済できなかったか説明するつもりだった。あの娘《こ》にも申し訳ないことをした。

ぶっちゃけ俺は、あんたらが思うような人間じゃない。ベルナの前はネルギスを愛していた。いや、つまりその、愛したかったんだ。ネルギスは向かいのマンションに住むグヤセッティン氏の娘だ。当時大学生で、今もそうだ。一度道で会った時、素敵な笑顔で微笑んだ。俺は一時ネルギスに会うため、その大学に行った。ネルギスが教室から出てくるのを待つ間、校庭に座っていた。心の中で「言ってくれ、ネルギス。俺は君をどんなふうに愛したらいい？」と考えながら。

君のストーカーになってやろうか？　君の名前をカミソリで胸に刻んでやろうか？　まだ一度も俺の手を握ってもらったこともない癖に、君が握手した男全員の手をバキバキに折ってやろうか。授業の後、校門に立ち、君に嫌がらせしようか。君の腕をとって「来いよ、俺と遊ぼうぜ」と誘おうか。割って入ってくる君の友達の顔面に頭突きをかまそうか。「どっか行ってよ。困らせたいわけ？」と言われたら、俺はもっと困らせてやる。君の家の前で真夜中まで野宿してやる。君は窓からこっそり観察して、戦慄と憎悪にまみれた幸福感に浸るがいい。

警察に通報しろ、交番に連行させろ。俺がぶん殴られるその一回ごとに、君の名を絶叫してやる。絶叫するごとに、さらに執着してやる。君は俺のもの、そうじゃなきゃ、地底にでも埋もれてろ、ネルギス。君の人生を牢獄に変えてやる、生きる歓びを枯渇させてやる。「お願いだから、私をつけまわすのをやめてよ。あんたなんか好きになれない。怖くてたまらないだけよ。あんたのせいで私の生活は滅茶苦茶だわ。それが分からないわけ？」と泣かれてはじめて、俺は苦い現実を理解しよう。俺の愛をカミソリで両手首に刻もう。一通の手紙を後に残そう。読んで号泣するがいい、俺が君をどれほど愛していたか、その時に理解しろ。一束の野の花を手に、俺の墓に来い。墓石には「**俺の所へ来てくれたのか、ネルギス？**」と彫っておく。

言ってくれ、どうされたい、ネルギス？

君が望むなら、毎日手をつないで学校から帰ろう。つがいの鳩のようにイチャイチャしながら。皆を羨《うらや》ましがらせて、関係にヒビを入れてやろう。俺たちの愛の前ではかすんでしまい、ほかの恋人同士は軒並み破局するがいい。俺は君を「最愛の人」と呼ぼう、君も俺を「かけがえのない人」と。一個の林檎そのものみたいになろう。それから同じ家で暮らして、別々に寝る苦悶を終わらせよう。君のために書いた俺のポエムで壁をいっぱいにしよう。一緒に居られる一瞬一瞬を、おとぎ話のように過ごそう。飽かずお互いを見つめていよう。この世で一番いい匂い、それは君の体臭だ。この国の人口が、ふたりだけであるかのように日々を送ろう。それから君はある日、この人口が本当は三人であることを知るがいい。ジェイダという娘に俺は何か貢いでるんだ。最初に聞いた時、絶対に信じるな、あり得ないと言え、俺に限ってそんなことしない、と言え。それから結局それは嘘ではなかったことを理解しろ。この世の終わりを体験しろ、何週間も家に引き込もれ。人間に対する信頼、人間性に対する信頼を失え。俺の顔を見ることを耐え難く思え。俺が橋から海峡の冷たい水に急降下で落ちる時、残された手紙を読め。読むにつれ、号泣しろ。ジェイダが俺の妹だって知れ。俺が君をどれほど愛していたか、その時理解しろ。一束の野の花を手に、俺の墓に来い。墓石には「**来てくれたのは君か、ネルギス？**」と彫っておく。

で、ネルギス、どんなふうに愛されたい？

君が望むなら、努力と額の汗の聖なる基盤上にそそり立て、俺たちの熱愛よ。デモを掛け持ちして奔走するうち、互いの汗の匂いが混じりあうといい。俺たちが闘争にのめり込むほどに、情熱も高まるがいい。革命への栄光の道を手に手をとって歩みつつ、毎日互いを新しく発見しよう。拷問を伴《ともな》う尋問に耐え抜いて、俺たちの愛も鋼《はがね》のように冷水で鍛えよう。虐げられる者のために創造される世界に、我々も参画しよう。愛は努力により、自由は戦いにより存続させよう。アウトローな俺たちの人生にあって、勇気と献身だけを唯一の規範としよう。それからある日、君は拷問に屈し、俺の隠れ家の住所をバラせ。ある朝、俺のゲバラ帽の中央の星にまだ曙光が射す前、アジトに押しかけ俺の額を撃たせろ。残された手紙を見つけるがいい。読むにつれ、号泣しろ。俺が君をどれほど愛していたか、その時理解しろ。一束の野の花を手に、俺の墓に来い。墓石には「**また君か、ネルギス？**」と彫っておく。

愛してやる、望みの愛の様相を教えてくれ、ネルギス！

俺たちふたりの控えめな交際よ、いつの日か大麻《ジョイント》の煙の味を覚えるがいい。ふたりの人生哲学は「草キメて悟れ」にしよう。ボヘミアン的な生き方を是としよう。そうこう言ってるうちに、ふたりの生活は頽廃の一途を辿る。マリファナ代を稼ぐために、俺はバーの給仕でもする、君と一緒に。不平等と不正に対し、毎日反対しよう。その目的こそを大麻摂取の言い訳にしよう。毎日新しいタブーを壊して過ごそう。壊すにつれ、到達しよう、無償の愛の妙味に。過去の清算なんかしないし、未来の展望なんか抱きはしない。生きている、その瞬間を米ドルに換算したりせず、ひたすら満喫しよう。アラチャト地区で薄焼きピザ《ラフマジュン》が五十リラで買えることではなく、そんな廉価で売れていることを呪え。桃源郷《オリンポス》から転げ落ちては駄目なんだ、ネルギス。それから、ある日、家にひとりで居る俺はひどく落ち込む。この生活を骨身に染みつかせるためといって、飲みに行く。専売公社の樽ビールの十四杯目をあおった後、俺はバーで喧嘩をおっぱじめる。バーのマスターが俺を刺す。ポケットから君に書いた手紙が現れる。読むにつれ……まあいいや、この箇所はわかるだろ。墓石には「**もういいんだ、ネルギス**」と彫っておく。

俺が座ってこんな妄想を巡らしていると、向かいからネルギスが出て来た。俺の方に歩いてくるとき気づいたんだが俺は腰を抜かしていた。とにかく座ってたもんで、こけたりせずに済んだ。俺の側を通る時、俺ではなく、俺のほうを見た。俺を見るためにこちらに目をやったのは確かなんだが、見なかったんだ。笑顔が俺に残された。

俺はこんな奴じゃなかった。あんたらが思うような奴じゃ全然ないんだ。俺の身に何が起きたにせよ、それはセムラを愛したせいなんだ。

いきなりあの娘《こ》が目の前に現れたのは、香辛料の匂いが生地の匂いに混じりあう、古い市場の細い通路だった。俺を見つけると文字通り彼女は凍り付いた。俺も同じだった。しばらく目線で会話した。まるで瞬時に巷《ちまた》の喧騒が消えたみたいだった。突如人類が消滅し、俺たちがふたりきりで残されたかのようだった。彼女は全然変わっていなかった。数年前と同じく魅力的だった、依然として。始めはどっちも躊躇した。互いを見なかったふりをして通り過ぎることもできた。ばったり会ったりしてないように歩を進め、古傷なんか掻き毟《むし》らないでおくんだ。おそらくは微《かす》かな疼《うず》きを覚えるだけだったかもしれない。通路の終わりのところまで行けば、その疼きも和らぐはず。さらに遠ざかれば最悪でも苦笑に変わるだけだっただろう。でも俺たちはそうはしなかった。互いのほうに歩み寄った。剝き出しで売られている唐辛子ペーストの前で、もう俺たちは対面してしまった。ペーストの匂いが俺の鼻と喉の奥を焼いた。その辛さにより、涙が溢れて来るのを感じた。誤解されるのを恐れて、涙をこらえた。彼女の眼も濡れていた。おそらくはペーストのせいだろう。緑の瞳が潤って、蜂蜜色に変わった。

辛さのせいで、我々人間はなんで涙が出るんだろう？　絶対に何か科学的根拠があるはずだ。あの時、それを知ってたらよかったのに。少なくとも声をかけるきっかけにはなった。俺はどう話しかければいいのか分からない状態だった。あらゆる言葉が記憶から消されてしまったみたいだった。市場の喧噪に「こんにちは」の一言が混じった。喧騒は酷く、本当はその声は聞こえなかった。唇を読んだだけだ。俺も「こんにちは」と言い、「なんて辛いんだ」と言った。「ええ、すごく辛いわ」と、唐辛子ペーストを見つめる彼女。

市場の天井は、ひさしに結び付けられたキャンバス地で覆われていた。布の間隙に行く手を見つけた一束の陽光の、何百年もの年月を重ねたその道筋が、彼女の髪のダークブラウンのなかで消滅する。太陽から放たれ地球に進路を定めた瞬間、この光のビームが、俺の人生の残りを滅茶苦茶にしやがることなど、誰が知り得ただろう？　まるで二年前に別れてないかのように、まるで一緒に買い物に来たかのように、髪のカールに纏《まと》わりついた太陽を摑もうとするかの如く俺の手はおのずとその髪にのびた。「やめて」と言われたが、その声は俺の耳には届かなかった。その髪の太陽を、余すところなく手のひらに収めてやった。誰かの手が俺の手首をきつく摑んだ。ふたりとも同時にその手の持ち主のほうを向いた。その男に「やめて」と叫ぶは愛しのあの娘《こ》。悲痛な叫びが市場の喧噪をさらった。俺はその唇を見なかったが、声は耳に届いた。愛しのあの娘《こ》が血まみれの俺の身体に覆いかぶさった。それからまた一声。その髪は俺の顔にかかり、ダークブラウンが血に汚れた。

眼から一しずく、蜂蜜が俺の唇の上に落ちた。香辛料の匂いに血の匂いが混じり、市場の活気は悲鳴と嘆きに切り裂かれた。こんな語り方じゃ何だが、俺はそこで魂を捧げた。愛しのあの娘《こ》はそこから離れ去った。その悲愁の眼差しで、俺の命を奪った。今、俺の墓は、血まみれのその瞳の中にある。セムラの墓は、村にある一本の木の下だ。笑顔が俺に残された。

俺たちの身に何が起きたにせよ、愛ゆえのことなんだ。現在の俺は頭に銃弾の破片が埋まったまま生きる羽目になった。セムラの兄からの餞別だ。俺の思考は時に去来し、時に行っちまったまま、二度と帰ってこない。素敵な笑顔はどれも、俺をセムラのところに連れて行く。誰かの笑顔、そのために犠牲になった数々の人生の勘定なんかする余力は、もうない。そんな風に見ないでくれ。あんたらの知ってる通りじゃないんだってば、何事も、な。

黒い瞳によろしく

Kara Gözlere Selam Olsun

アラームが鳴ったのは朝六時半だった。フセインはアラームを止め、二段ベッドの上の段から下に降りた。降りながら、下に寝ているジェマールのことも足で小突《こづ》いて起こした。ジェマールとは幼馴染で同じ村の出身だった。小学校三年生まで一緒に勉強した。その後、フセインは学校を辞め、ジェマールは四年生まで通学した。フセインが低学歴で無知であることを、時々ジェマールが態度で匂わせることがあったが、これがその理由だった。

二段ベッドから下り、足が地に着くとすぐ、今日は普通の日とはまるで違うことを思い出した。果てしない、死ぬまで続くように思われた十二時間労働と、不眠続きの夜が終わる時が来たのだ。ふたりは十五か月間、この建設現場で働いていた。仕事探しの希望を抱き、村を出てから一年半が経っていた。最初の三か月はイスタンブールで日雇いの仕事をして持ちこたえた。その後、運に恵まれ、この建設現場で働き始めた。年齢がまだ十六歳だったため、現場監督は当初少し躊躇したが、最終的には社会保険未加入かつ低賃金で働かせるということに利点を見出した。現場では全部で八人の児童労働者が居た。そもそも六十人の職人のうちで保険加入済みなのは、二十六人しかいなかった。残りの者は違法に、保険なしで働くことを承知した者たちだった。そもそも子供であることは辛《つら》い。モグリで働く子供であることはもっと辛かった。だが、フセインにとって、どんな苦難も、村に残してきたベルフィンに対する恋しさ以上には、辛く感じなかった。

汗の匂いを放つベッドから下り、食堂でぬるいスープをそそくさと啜《すす》った。そして、この十五か月間、毎朝そうしてきたように現場には行かず、その代わり、貯まった月給を受け取るために会計係の前の列に並んだ。長く、草臥《くたび》れ、不幸な、打ちひしがれた行列。手に入るはずの金でまたイスタンブールに戻り、他の仕事を探すつもりだった。

フセインのベルフィンに対する執心もまた、モグリだ。彼は子供であり、不安定な立場だった。村を出てから今まで、二通の秘密の手紙をベルフィンに書いた。実は、直接ベルフィンに手紙を書くことがかなわなかったため、自分の妹であるゼリハに送ったのだ。「ゼリハは賢い奴だ。どうにかしてベルフィンに連絡してくれるだろう」と思った。実のところ、手紙のどの部分にもベルフィンの名前はなかった。だが、ゼリハはおそらく状況を理解し、兄の募る想いをベルフィンに伝えるはずなのだ。しかし、手紙には恋しいという文句もなかった。誰にもこの状態を疑われてはならないと思い、常にオブラートに包んだ書き方だった。頼みの綱は、どちらの手紙にも最後に添えた。「黒い瞳によろしく」の一文だけ。実のところ、村の娘たちは全員黒い瞳をしていた。だが、それでも、誰もベルフィンの瞳のような黒ではなかった。実のところ、手紙はジェマールに書いてもらっていた。僅《わず》かではあるが、ジェマールは高学歴なのだ。二通とも手紙に返事が来ないとなると、学校で勉強しなかったことをますます悔いた。

寡黙で不満げな長蛇の列の前の方で、ざわめきが起きた。迷いこんだ暗い空想から覚め、ジェマールと顔を見合わせた。ざわめきの理由である噂が耳から耳へと伝わり、行列の端に到達した。会計係が消えている！ 今後の展開には、誰もが考えや見解を持っていた。十五か月、黙って夜も昼も奴隷のように働いてきた男たちは、たちまち暴動寸前のような風情で憤懣《ふんまん》の唸りをあげていた。お預けをくらうのは、数か月よりもっと長く感じられる。それからまた、緊張を孕《はら》んだ沈黙……。

ジェマールは手紙に自分の住所を書くのを忘れていた。より悪い事には、封筒に村の具体的な住所を書くのを忘れていた。村からの返事がどうしても届かないという事実は、フセインの睡眠に影響した。奴隷のような日々の十二時間労働にもかかわらず、夜になると寝付けなかった。寝床に横たわった場所の天井にボールペンで「ベルフィン」と書いた。夜の暗闇の中でもその文字を見ることができた。現場で漆喰を塗る時も、コテの端で「ベルフィン」と繰り返し書いては、また塗り込めた。ジェマールはこのフセインの腑抜けぶりに苛々していた。なだめるも、励ますも、効果がないと分かると、罵《ののし》るばかりか、蹴りのひとつも入れてやった。だがフセインときたら意に介さずで、夢想に耽っていた。

村に居た時、ベルフィンとこっそり逢い引きした時の会話が脳裏に蘇《よみがえ》った。彼女も五年生までしか学校に通えなかった。それ以上の教育は女子には無用といって、辞めさせられたのだ。いずれにせよ、結婚適齢期が近づいていた。ムシュ県の小さな村で子供であることは過酷だった。女の子であることはより過酷で、児童花嫁であることはもっと過酷だった。ベルフィンは反骨精神の花だった。何を強制されても屈しなかった。結婚させられることを断固拒否し、周囲を引っ掻き回していた。彼女も密かにフセインに想いを寄せていたのだ。しかし、彼女の瞳はもっと高みを見つめていた。とんでもない高みを。これにはフセインもいささか嫉妬した。出て行くことを告げた。愛がかくも激しく、かくも諦《あきら》めがたく、それだけに絶望的であるというのは、無意味に言われることではない。フセインはこの秘密をジェマールにも打ち明けなかった。

現場監督が事務所から出て来て、こちらに歩いてくると、行列は活気づいた。耳を欹《そばだ》てる。監督が声を張り上げることとすらせず「溜まってる分の給料はイスタンブールの本社でもらってくれ」と告げると、沈黙が広がった。その後、不満の呟き。監督が踵《きびす》を返して立ち去る間際、立ち止まって「十分後にシャトルが出る。何か文句はあるか？」と付け加えると、騒《ざわ》めきは止んだ。労働者たちは項垂《うなだ》れて解散し、自分たちを町に連れていく、草臥《くたび》れた労働者輸送車に向かって緩慢に歩きだした。フセインの心には重い不安と深い悲しみが満ちた。

この世で、フセインほどに哀しみと痛切な恋しさを抱きつつ、ベルフィンのことを想う人物が居るなら、それはベルフィンの母親だった。フセインが村から離れてから二週間後、ベルフィンも姿を消した。「危ない目にあわないようにね」と後ろから声をかけたのが最後だ。その日から毎朝、礼拝の時には高みを見つめ、気まぐれな娘のため、ベルフィンのために祈りを捧げていた。

労働者用のミニバスが泥濘のなか、ゆっくりと動き出すとき、フセインは振り返って自分たちが完成させた現場を最後に見た。門の真上に大きな看板がかけられていた。「エディルネFタイプ重警備刑務所」。ジェマールも振り返り、同じ場所を見ていた。一瞬、目を見合わせた。それからふたりとも悪事が見つかったかのように、殆ど恥辱を覚え、目をそらし、顔を背けた。古ぼけたシャトルはぬかるんだ空き地から車道に続く脇道に出ると、保険加入済みであれ、モグリであれ、老人であれ、子供であれ、労働者たちを乗せ、憂愁の過去から、不確かな未来へ向かって、速度をあげた。フセインは心の底から黒い瞳に挨拶した。ジェマールは心の底からフセインとあの看板に毒づいていた。

刑務所内書信検査委員会への手紙

Cezaevi Mektup Okuma Komisyonuna Mektup

拝啓、刑務所内書信検査委員会の皆さま！　この手紙は重警備房で書いています。「なにゆえ？」とお尋ねならば、我々は投獄されたからであります。「それは知っている。我々に何故手紙を書くのだ。そうでなくてもお前さんの手紙を読みすぎて目が回りそうだ」とおっしゃるならば、ええ、まさにそのことで書いているのです。全く皆さんときたら、よりによって因果な職業を選ばれたことですな。一般人の手紙を読むとは何たる仕事でしょう。おそらくはそのために給料が支払われているなんて、誰が思うでしょう？（払われているらしいです。ひと月に二千六十トルコリラ（日本円にして約十三万円）が。使い果たせないほどの大金！）でもこんな話がしたいのではありません。そもそも、何の話をすべきか、そのこともしかと存じあげません（最後の文章はイルハミ・アルギョルの物語からの盗作などと言って塗りつぶさないでいてくださいますよね）。

随分と話が逸れてしまったようですので、本題に戻りましょう。塀の外の人間（もっと正確に言うなら、外に居ると思っている仲間）は、最新の物語をまだ私にせがんでくる。私だってこう申しているんです、「自分が逮捕されてからというもの、書信検査委員会はうんざりしている、もう長い文章や手紙は書かないことにするよ」と。私のおかげでお腹いっぱいになるどころか、「奴隷のように」働いてらっしゃるのですから。しかも、私は文学者などではないと公言しております。とはいえ、芸術家の母親と文学者の父親が揃った家で育った人間には、望むと望まないとにかかわらず、何かが蓄積されないというわけでもないんですが。

こんな具合です。小さい頃はいつも母が弾くピアノの音で起きました。うちは二部屋しかなかったので、兄弟が全員同じ部屋で寝ていたんです。母のピアノも同じ部屋にありました。愛すべき母は毎朝飽きもせずピアノの前に座り、一生懸命弾いていた。いやはやその音はいまだに耳に残っているくらいです。その後、私たちが少し大きくなると「あんたバカじゃないの？」母は言いました。「何がピアノさ。ありゃ、あんたも知ってるミシンだってば。家計の足しになるかと思って仕立ての内職してんだよ、あたしゃ」まあいいじゃないですか、結果的に我々はピアノだと思って聞いていたんですから、ね？　委員会の皆さま、御子息にも神のお恵みを。もしもお子さんに音感を授けたいなら、歌ではなく、リズムを聴かせて育てるべきです。いいですか、アリフ・サーが偉大な巨匠《ヴィルトゥオーソ》になりえたのは、大部分が村の水車のシャカシャカ音のおかげなんです。

うちの父もいつも詩を詠むが如くに話しました。なんとも麗しい話し方だった。少し大きくなると、これらは詩ではなくて、罵詈雑言であるのが分かってしまいました。父は口汚くて、洒落の分かる男で、未だにそうなんです。でも、ある種の人には悪態が似合います。下品にもなりません。父もそんな人で、ポエムのように罵るんです。一度など、同僚とうっかり罵り言葉を使わずに話したことがあって、その人から不審に思われたそうです。「どうした、タヒルさん。オレが何かトンチキな事でもしたかい？」と。父が「トンチキな事たぁ何だよ、このクソヤロウ！」と返すと同僚は一安心したそうな。つまり小学校にあがるまで、我が文化的素養はこのように形成されたのです。

小学校はディヤルバクルの「新小学校」にあがりました。私は努力家で優秀、いや非常に優秀な生徒でした。でも一番ではなかった。なぜなら一番はバヒルだったからです。バヒルはクラスのなかで、最も努力家で、最も優秀でした。クラスで一番だった。私は二番です。バヒルは清潔できちんとしていて、とびきり達筆で、大人しい子供でした。私はそのどれもを、少しずつ持ち合わせている感じです。学校では友達は多いほうでした。バヒルにはひとりしかいない。それが私でした。バヒルは他の街から引っ越してきて、ディヤルバクルに住むようになったらしいです。少なくとも私はそう記憶しています。誰も彼に手を出すことはできませんでした。なぜなら私がついていたから。私は小学校では、小規模だが厄介な「ギャング集団」のガキ大将のような存在だったんです（その時代にはまだ共同議長制度はありませんでした）。実際、うちの「ギャング」の殆どは厄介ではないことはすぐ判明したんですがね。我々より厄介な奴らも居て、まあそれはともかく……。

バヒルのことは僅かしか記憶にありません。最も鮮明に覚えているのは、ある日の放課後一緒に下校中、起きた出来事です。疲れ果てて、お腹をすかせて、狭い路地を潜りながら帰宅途中、バヒルが突然「わあ、パストラミのいい匂いがする」と言うんです。私が「何？　何の匂い？」と訊くと「パストラミだよ、パストラミ」と彼。「パストラミってなんだ？」と私。「やだなあ、パストラミだよ、肉を加工したのがあるじゃん」「どんなん？」と私。「こう薄っぺらくてさあ。匂いがするやつあるじゃん、ほら」「ははーん。パストラミじゃねえよ、そりゃ。アバラ肉だろ」と私は申します。「パストラミなんてもんはねーよ、やだねえ」そうして道すがらずっとバヒルをからかってやりました。それでも神に免じてくれたのか、バヒルはいらだたなかったし、私を嫌ったりもしませんでした。それ以上、突っこみもしなかった。私はそれまでパストラミというものを見たことがなかったんです。パストラミどころか、パストラミという単語を発した人も見たことがなかった。家に帰ると、爆笑しながら母（例のピアニスト）に説明しました。母は「やあねえ、パストラミはあるわよ」と言いました。私の高笑いは顔に張り付いて固まりました。すまない、バヒル、そのことを私が君に伝えることはなかった。

刑務所に入ってからおそらく二か月後、時刻は朝の四時です。ある夢を見ました。夢でバヒルが「パストラミを忘れるなよ、パストラミだ」と言っていました。信じがたいことですが、私は自分が起きているのか、夢の中にいるのか、分からなくなってしまいました。きっかり三十五年後、親友のバヒルは子供の時のままの姿で、重警備タイプの房に居る私の夢に現れ、何かを思い出させようとしたのです。ご存じの通り、刑務所では毎週食堂の注文書を予《あらかじ》め用意します。その週、自分たちにささやかなご褒美ということで、アブドゥッラー・ゼイダンと一緒に、朝、パストラミと書こう、と話し合ったところでした。ベッドから出て、下の階の掲示板の注文書を見ました。そう、パストラミを書くのを忘れていた。バヒルに感謝して、パストラミと書きました。

拘禁中、深い哀しみに襲われたのはあの夜だけでした。バヒルのことは子供の姿でしか覚えていません。小学校卒業後、互いを見失ってしまったからです。それからは音信不通でした。私の記憶違いでなければ、約十年前のことです。新聞を手早くめくっていると、「ディジレ大学職員自殺」という小さなニュースが目に入りました。小さく不鮮明な証明写真もありました。ニュースの詳細は読みませんでした。私はそのまま通り過ぎ、それから突然中断し、戻ってもう一度その面を開きました。そこで凍りついたのです。おそらく名前が似ているだけではないかと疑いましたが、写真の人物は彼でした。是が非でもご遺族を探し出し、悲しみを分かち合おうと決意しました。見つけることはできませんでした。心残りとなりました。でも私は見つけてあげられなかったのに、バヒルは私を見つけてくれた。長い年月を経て。ある独房で。夢の中の私を。許してくれ、バヒル。安らかに眠れ、麗しの友よ。君はいつも一番だった。私の心のなかではずっと一番でありつづけるだろう。そのことを君に伝えられもしなかった。

どうしてこんな話をしたのか分かりませんが、つまりこの通りなんです、委員会の皆さま。刑務所からひとつ思い出を書いて送れと友人からせっつかれたものの、私は書けないと申しましたし、皆さまにご迷惑をかけたくないとも申しました。とどのつまり、私どもは勤勉さと勤勉家に敬意を払っているものですから。だからこの状況を皆さんにお知らせしたかったのです。皆さん、本当にご苦労様です。職業生活における目覚ましいご活躍をお祈り申し上げます。敬具……。

にんぎょひめ

Denizkızı

あたしのなまえはミナです。二か月前、シリアのハマの町をしゅっぱつしました。お母さんはあたしをぎゅっとしました。とちゅう、ずっと、放しませんでした。あたしたちはときどき歩きました。ときどきぎゅうぎゅう詰めのバスに乗り、ときどきはどろんこでよごれたトラックに乗りました。道は穴ぼこだらけでした。とびはねながら進みました。でもお母さんはあたしをずっと放しませんでした。旅のあいだじゅう人々はずっと何かおはなししていました。バスのなかの何人かは、わんわん泣いていました。ほんとはあたしも泣いてしまいました。あたしのお父さんはハマで殺されたのです。どうして殺されたかはわかりません。そのときお母さんはすごく泣きました。あたしも泣きました。旅はうんとながくつづきました。とちゅうで一度、ふたりの子供が死んじゃって、あと、年をとったおじさんも死にました。みんなはその人たちのために、道のすみっこにお墓を作りました。子供たちのお墓はちいさかったです。お母さんたちはその子たちのお墓をぎゅうっと抱きしめました。わんわん泣いていました。あたしたちといっしょに来たがりませんでした。でも、みんなはお母さんたちをひっぱって、来なくちゃいけないと言いました。

どこかに着きました。みんなちょっとだけ喜んでいました。夜、まっくらになったら、海岸に行って、そこからお船に乗ると言われました。あたしのお母さんは、お前らは来てはだめだと言われました。お母さんはその人たちにいっしょうけんめいおねがいしました。そのあと、胸のところから腕輪をみっつ出して、男の人たちにわたしました。それならよかろう、お前らも来るがいい、と言われました。

あたしたちの村には海がありませんでした。あたしは生まれてからずっと海を見たことがないのです。お母さんもそうです。暗いなかで、海のはしっこに行きましたが、やっぱり海は見えませんでした。あたしたちはお船に乗せられました。ぎゅうぎゅう詰めになりました。お母さんはあたしをぎゅっと抱き、ぜったい放しませんでした。どこかそのへんをしっかりにぎってろと男の人たちにちゅういされました。お母さんはあたしをもっとしっかり抱きかかえました。海の上はうんとゆれました。真っ暗なので海は見えませんでした。お顔にしょっぱい水がかかりました。お塩のせいであたしは吐いてしまいました。お年寄りの女の人は天においのりしていました。お母さんもおいのりをしました。お母さんには、こわがらなくていいと言われました。あと少しよ、もうすぐで着くからね、って言われました。あたしはちっともこわくありませんでした。お塩のせいでみんなのおめめからなみだが出たけど、あたしはちょっと泣いてもいました。男の人たちはひどい波だと言っていました。その人たちはずっと大声を出していました。さらに、みんなつかまれと言われました。そのあと、あたしたちのお船はひっくりかえりました。

あたしたちの村には海はありませんでした。ちいさな小川がありました。おさかながうんとすばしっこく泳いでました。本当はその川はそんなに小さくありませんでした。ちょっと大きい川でした。川岸にはあたしたちの木がありました。いちど、お父さんはあたしに木のブランコをつくってくれました。おうちは岸辺にありました。お母さんは古いくつしたであたしにお人形を作ってくれました。でもあたしは旅のとちゅう、お人形をバスに忘れてしまいました。あたしたちのおうちはそれはそれはすてきでした。

あたしたちはみんな海のなかに落ちました。お母さんはあたしをぎゅっと抱きしめました。あたしたちの村には海がないので、誰も泳ぎを教わることができませんでした。お母さんも教わることができませんでした。お母さんといっしょに水の底に沈みました。その後、少し上の方にうかびました。でもたくさんの人たちが足であたしたちを上からおさえつけました。そうして、あたしたちはまた底に沈みました。お母さんはあたしをぜったい放しませんでした。あたしはぎゅうっと抱きしめられていました。水はしょっぱくて、のどがやけるようでした。お母さんはあたしを抱きしめました。あたしもこころのなかで、お母さん、おびえないでって言いました。ちょっと泣きたいような気がするだけでした。お母さんはちっともおびえてなんかいませんでした。ずっとあたしのおめめを見つめていました。あたしたちは海の底から出られませんでした。

あたしのなまえはミナです。五さいです。二か月まえハマをしゅっぱつしました。あたしたちは生まれてからずっと、外からは海を見たことがありませんでした。あたしはもう一週間というものずっと海の底にいます。あたしはにんぎょになりました。地中海のにんぎょひめ、もう今では海があたしのお母さんです。お母さんはあたしをぎゅっと抱きしめて、ぜったい放してくれません。だってお母さんは、みんなじぶんのむすめのことがだいすきだからです。

アレッポ挽歌

Halep Ezmesi

「想定外だった。人生がこんなに長いなんて……」

何か異状ありか？　そうは思わない。平常通りの中東情勢である。どこかで爆発する人間爆弾、無人爆弾、惨劇後に残される、断片化した何十もの死体、滅茶苦茶にされた粗末な市場。

死者数六十八、書き換えると、ろくじゅうはち。

三日前の爆発では四十三人だった。死とは或《ある》いは我々がそれを誇張し、異常事態としているだけなのか。実は日常の、普通の事象だったはずのものを。人はすなわち死ぬ、しかも大量に。大体、アレッポで正午に爆発した爆弾は、同時刻シドニーでディナーを楽しむべくレストランに集うオーストラリアの市民には、同じ影響を及ぼさない。トロントで仕事に急ぐカナダ国民はまだそのことをご存じですらない。後に報道に接する事になるも、大多数は読む価値すら感じない。こんな「ありきたりな」爆発ごときに。アレッポに一番近い町がハタイである。少し耳を欹《そばだ》てれば、ハタイ市民がアレッポの爆発音を直に聞くことができるほど近い。

ハタイの惣菜《メゼ》は有名である。豊かな食文化が存在する。古代から続く土地柄のため、蓄積されたあらゆる食文化が実り、ハタイ料理にはないものがない。アラブ人、アルメニア人、アッシリア人、トゥルクメン人、クルド人、トルコ人、ペルシャ人、ギリシャ人——先祖が何を食べ、何を飲んだにせよ、ハタイ人は歴史を通じてその全てを書き残した。いつか必要になるとの思いからである。案の定、毎日必要になった。ハタイを訪れた者が、この究極の美食を味見せずに通り過ぎれば、この街の魅力の多くをのがしたことになろう。

行方不明者六十八名。

ハタイ在住のアラブ人が作る最高の料理が、おそらくは真の芸術作品とも言うべきアラブ風ケバブである。しかもそういうケバブは、旧市場の、ぱっとしない大衆食堂で食さなくてはならない。ハムドゥッラー親方、彼はあたかも小説の中の素朴な庶民像が、そのまま抜け出てきたが如くである。名声が響き渡るにつれ、ハムドゥッラー親方の店には観光客も押しかけるようになった。この状況は、我らが親方を若干落ち着かない気分にさせたものらしく、店内美化の名目でプラスチックの鉢植えを数個買い込み、店のあちこちに置くことになった。このアイデアを吹き込んだのは、向かいの床屋サドレッティンであった。「親方、あんたもちったあ趣向を変えてごらんよ。路地に観光客が溢れてきてる。地元の者《もん》が各自、店をちょいと整えれば、ここも観光客向けの通りになるぞ」と。これがハムドゥッラー親方の頭の片隅に残ったものらしい。プラスチックの観葉樹はこの取り組みの一環として設置された。料理自体は常に同じだが、今やそれをより緑溢《あふ》れる森の雰囲気のなかで頂けるというわけである。ただしこの観葉樹は、ご存じ、安っぽいナイロン製で、造花らしさがひどく鼻につく。存分に埃《ほこり》も被っているため、狙った効果とは真逆の雰囲気を醸し出している。だが、それもまたよし。料理は相変わらず最高なのだから。

六十八の命の散華。

食堂の給仕係は唯ひとり。全部で七つのテーブル席を難なくさばいている。ハムドゥッラー親方の甥にあたるという。子供の頃から、きっかり十九年に亘り、ここで給仕係を務める。名前はベレケット。子供がふたりいるが、去年、妻は交通事故で他界した。交通事故といっても猛スピードの車にはねられ宙に舞ったというわけではない。通りで民営バスにぶつかったのである。哀れな御婦人は「ちょっとその辺」で命を奪われた。ありがちな一般庶民による交通事故、粗雑な死。仕事と親方に対するベレケットの愛着はひとかたならぬものであった。心を込めて仕事をする。お客の目に僅かにでも満足を読み取るためならば、芸術的技巧を駆使し、麗しい創意工夫を凝らして食事を提供する。全てが申し分ないが、とりわけ肉が絶品である。

六十八人のバラバラ死体。

値段の安さにも驚かされることだろう。三人で食べて飲んで、甘いのから辛《から》いのまでなんでも持ってこさせても、会計時に言いがかりをつけたくなる。安すぎる、と。最大の驚きは、ハムドゥッラー親方の冷静さであった。店内がどれほど混雑しようと、泰然自若とし、表情ひとつ変えずに、注文された料理を静かに皿に盛りつけ、カウンターの裏からベレケットに手渡す。私は一週間に三回もハムドゥッラー親方の店を訪れたことがあるが、この一コマがたとえ僅かでも変わることは一切なかった。

ハムドゥッラー親方は元々アレッポの人間である。祖父がハタイに移住し、以来六十年以上に亘ってハタイに暮らす。祖父や父親の代からハタイでは飲食業の家系として知られる。おじたちは歴史あるアレッポ市場で生地屋を営《いとな》んでいる。内戦の前は頻繁に互いを訪問していたらしい。戦闘開始後、アレッポの親戚は多くの住民同様ハタイに逃げた。ハムドゥッラー親方の二階の家の庭にはテントが張られ、総勢四十八人が一軒の家に暮らすことになった。状況に鑑《かんが》み、ハムドゥッラー親方が自宅の一階の間借り人に立ち退きを頼むと、多少余裕を持って生活が可能にはなった。親方は結婚歴がない。子供の頃、父とアレッポを訪問した際にいとこのルキエと知り合い、燃えるような恋に落ちたものの彼女が十六歳で嫁がされてから、人生に絶望してしまったそうだ。親方はもう誰も愛さなかった。ルキエはふたりの子供と夫と一緒に親方の自宅一階の一室に寝泊まりしていた。彼女と出くわさないため、親方は毎朝脱兎の如く家を飛び出す。ルキエも忘れていないはず、だが覚えていようが、もはやどうしようもない。彼女は今なお大層《たいそう》美しく、畏れ多くて直視できないし、眺めて飽きることがない。眺めると言っても、そもそも数日に一度、偶然出くわした時、一瞬、見つめ合う以外のなにものでもなかったのだが。親方は神経過敏になっていた。「いざ！」と声をかければ、全てを捨て一緒に駆け落ちしそうでもあり、まるでそのことをふたりで計画したはいいが、誰にも秘密にしているかのように。

死者六十八人だとよ！

そのため、皆が寝静まってから静かに帰宅して、大人しくベッドに横たわる以外、親方は自宅とは関わりを持たぬようにした。自分が如何なる心境で暮らしているか気づかれることを恐れていた。時を経て再燃したルキエへの恋の炎が露呈しかねない恐怖により、ベレケットとの控えめな会話すら皆無となった。

気づかれてはならない、嗚呼《ああ》だが、真下《ました》の部屋が。夜毎に広がれ、あの数秒間の視線の絡み。そしてあの言葉なき世界を覆い尽くして、そのまま眠りにいざなって欲しい。四十八人が住むこの蜂の巣。そこに彼女の呼吸も存在することを知っているのは、試練だろうか、それとも至福だろうか？　まさにこの問いの答えこそが存在しない。天から何が降ろうと、地は受け入れぬと言うではないか……。かくも長い年数を経て、一つ屋根の下にいる。状況がこう転んでは、如何にしても屋根に巣くったあの希望の鳥を黙らせることはできない。昼の間はこの御託《ごたく》鳥を追い払うのは簡単である。だが、ひとりで床に入り、目をつぶった瞬間、黙らせるのは至難の業となる。眠りのなかへ逃げ込むこともできない。この鳥は、夢ではもっと大胆不適にして不遜なのだから。最悪なのは、起きて新しい一日を始めなければならないことである。もう少しだけ夢が見られたらいいのに。あわよくば今朝も何秒か彼女に……いかん！

アレッポの市場は、まるで大時代な映画の一場面を思わせた。屋台で悲嘆が売られる場所と化し、開戦以来、市場には喜びも彩りも匂いもない。食べるため、食べさせるために、仕方なく僅かな食料を売り買いする場所は、殆ど魂の抜けた病棟のようであった。六十八人分のバラバラ死体。ルキエもそのなかにいる。ルキエは二日前、ふたりの子供をハタイに残し、夫と一緒にアレッポの家にまとまった量の荷物をとりに帰った。夕方、市場に夕食の買い出しに行った。ハタイはキュネフェ菓子も有名である。

市場で自爆した殺人犯は「神は偉大なり！」と叫んだ。アレッポでルキエの身体が肉片となった時、ハムドゥッラー親方は店の裏の木造の礼拝所で祈っていた。「神は偉大なり」と跪く時、胸に疼痛を感じた。おそらくは年のせいだと思うことにした。

キュネフェ菓子の特色はチーズによるところが大きい。しかも果たせるかな、ハタイでは焼き方まで特別である。尤《もっと》も、ハムドゥッラー親方は、所望する客には、隣のキュネフェ屋ジェミル親方の店から取り寄せた。自身も優秀なキュネフェ職人ではあったが、隣人の取り分を奪うことになると、隣にキュネフェ屋が出来て以来、店でのキュネフェ作りをやめた。いや、ハタイで一番美味しいキュネフェが食べたい。そういう向きは、ウズン市場の有名なハタイ・キュネフェ店まで赴けば、その価値はあるキュネフェにありつけるであろう。

ルキエの夫は死体の断片のなかから、服の生地に付着したいくつかの断片を識別し、ルキエの残骸を集め得た。ハムドゥッラー親方は彼女の葬式への参列や墓参りに耐えられなかった。埋葬の翌日の夜、店の扉を閉め切り、錠剤、液体を問わず、薬箱にあった薬を残らず飲んだ。店は三日間喪中休業した。昨今ではベレケットが店を経営している。ベレケット親方のために、ルキエの夫のジュマが給仕係として働く。ルキエの子供ふたりも、掃除を手伝い、店内を飛び回っている。もしもハタイを訪れることがあれば、ベレケット親方の店に立ち寄り、食事ができるようなら是非ともご賞味いただきたい。アラブ風ケバブの美味しさは今も健在である。

ハタイには古くから受け継がれた郷土料理がある、何はともあれ。

ああ、アスマン！

Ah, Asuman!

バスの揺れで眼を開けた。僕は運転手の二列後ろの席に座っていた。時刻は夜の二時。乗客の殆どは眠っていた。バスは前方のトラックのすぐ後ろからゆっくりと勾配を昇っていた。もう一度眠るべく目を閉じた。数分後、目を開けると、まだ同じトラックの後ろを同じ速度で走行中なのが見えた。他の車はどれも我々の脇で素早く左に逸れて走り去った。僕たちのバスだけが頑固にトラックの二メートル後ろをつけている。我らが運転手はのろのろ運転をさも楽しんでいるようだった。我慢できずにそっと身を起こし、運転手の耳元に身をかがめ、尋ねた。「どうしたんです、大将、なにか問題でも？　どうして追い越さないんです？」と彼は振り向かず、バックミラー越しに僕を見た。

「いや、なんとなくここに収まったから、そのまま走ってるだけだ。悪いか？」と言った。

「そんな。ただ気になったんです。他の車が抜かして行くのに、うちらだけがずっとこうして……」

彼は頭で助手席を示し、「まあ座れや」と勧めた。

少し躊躇した後、その補助席を開いて座った。

「学生さんかい？」と運転手は尋ねた。

「ええ、アンカラ大学の法学部です」と答えた。「そいつは結構。いい大学だ」と彼。

「まあ、そうです」僕は少し得意になった。

「ほれ、兄ちゃん」と運転手は頭で目の前のトラックを示した。「見えるか？」

仕方なく振り向いて見た。そうさ、見えないわけがない、象ほどもあるトラックだもの。

「よく見るんだ」と言われた。「何が見えた？」

「何って？」と僕。

「あの女だよ！」と彼。

振り向いて、トラックのコンテナの後ろをもう一度見た。なるほど、確かに、扉の双方に組み込まれた、長方形のふたりの女性の絵があった。もっと正確には、同じ女性が対称に描かれた二枚の絵だった。とにかくどのトラックの後ろにも貼られる、古典的なトラック装飾の類だった。

「あれがどうしたんです？」と訊いてみた。「ありゃアスマンだ！」という答え。

「あの女の人の名前がアスマンなんですか？」

「そうだ」深いため息の後、「俺は知っているんだ、この女を。それも、よくよく知っているんだ」

僕は笑った。

「どのトラックの後ろにも、みんなこの絵があるじゃないですか」

「その通りだ。でも全部がアスマンじゃない。何種類もの絵がある」

「そうかもしれないですね。ちゃんと注意して見たことなんてありませんでした」

「俺だってロクに注意したことなんてなかったさ。アスマンと知り合うまではな」

「本当に知っているんですか？」と驚いて尋ねた。

「イスタンブルのバーで知り合ったのさ。六年前だった」

「ほんとですか？　僕をからかってないでしょうね」

彼は小馬鹿にしたような視線を投げると、脇から長いパーラメントの箱を取り出し、僕にも差し出した。躊躇していると「取れったら」と勧めてきた。僕が一本取ると、本人も一本取って、口の端に軽く咥えた。口髭の真ん中あたりが煙草のせいで、茶色い。煙草に火をつけ、ライターを僕に差し出した。彼が深く吸い込むと、鼻の穴から濃密な煙が車内に流れ出た。ボタンを押して、傍らの窓を少し開けた。シートの上で左右に身じろぎすると、しっかりと腰を落ち着けた。アスマンのことを話す準備をしていることは確かだった。

僕も落ち着いて座っているようなふりをして「そんなら伺おうじゃないか」という態勢をとった。どうせ眠気は吹っ飛んでいた。

「イスタンブール行きの便の仕事の時は、夜、時々バーにしけこんでいたんだ」と前置きが始まった。彼はもう一度深く煙草を吸いこみ、目の前の女の絵に視線を据《す》えて続けた。

「あの娘《こ》はアクサライのバーで舞台に立っていた。ぐっとくる歌声だった。信じてもらえないかもしれないが、映画のように、一目で恋に落ちた。あの娘《こ》が舞台から降りるまで目を離せなかった。あの娘《こ》も俺に気づいた。まあ多くは語るまい、俺は立って側に行った。『俺はファフリだ』と名乗ると、あの娘《こ》も『私はアスマンよ』と答え、握手をした。まるで真っ赤に燃え盛る石炭のような炎の欠片を手に握ったみてえに、全身が燃え始めた。自分で自分に『ファフリ坊や、ヤキが回ったな』と言ってやった。人間てのは当たり前だが自分のことは一番良く知っているだろ。あんときゃ心臓がうずいたんだ。『一緒に出よう』と誘った。『明日の夜来て』とあの娘《こ》は言う。『無理だ。運行予定があるんでね』『トラック野郎なの？』『違う、バスの運転手だ』『どこに行くの？』『ディヤルバクルだ』『ふうん、じゃあ、次の機会にね、運転手さん』踏み込み過ぎちゃいかんと、俺もゴリ押しは避けた。十日後、またイスタンブール便の仕事が舞い込んだ。ディヤルバクルからどうやってイスタンブールに行ったか覚えてすらいない。もう、俺の頭ん中は悲劇のヒロインで、心ん中は悲恋のヒーローさ」

また煙草を吸い、口から濃い煙を解き放った。その頭は一瞬、煙にかき消された。煙草をつまんだ手の小指で鼻をほじりながら続けた。

「とにかく俺は行って彼女を見つけた。その夜は一緒にバーから出た。シメの汁物屋だなんだと言っているうちに仲は急接近した。あの娘も俺にぞっこんだったんだ。長々と睦言《むつごと》を交わした。その日は彼女の家に泊まった。午後にはまた一路ディヤルバクル。多くは語るまい。こんなふうに一年が過ぎた。俺もイスタンブール便のたびに彼女の所に泊まった。『おいでよ』と俺は言った。『君をディヤルバクルに連れて行こう。家を構えてやるから、悠々自適《ゆうゆうじてき》に暮らせばいい。働かなくてもよくなるぞ』まんまこの通りのことを俺は言ったんだ」

「いやはや大将、結構な話だけど、よくある国産映画のネタじゃないですか」と僕は茶々を入れた。彼は軽く頭を振って微笑み、「嫌なら話さないでおくよ」と傷ついた風に言った。

「いいえ、気にしないでください。つまり、まさに映画の世界が現実に起きたようですね、ってことです」

「本当にそうだったんだよ、若いの」と彼。

傍らの受話器を取って、助手を呼んだ。やってきた助手は眠そうな目をしていた。「コーヒーをふたつ持って来い。コーヒー二倍の濃さでな」と言った。「あと立ったまま寝るんじゃねえ。お客の様子を確認しろ」と軽く咎《とが》めるのも怠らなかった。コーヒーはすぐに届いた。

「とにかくだ、若いの。家も財産もアスマンのために放りだした。三人の子供と一緒にかかあを残して家を出た。アスマンのためにディヤルバクルで部屋を借りた。結婚《イマーム・ニキャーフ》式もあげた。嫁とは離婚しなかった。でも天に恥じぬよう、養育費をケチったりしなかった。長話であんたを退屈させないようにはしょろう。結局この件は上手くいかなかった。俺はアスマンに振られた。ある日家に戻ると、家は空っぽ、何もねえ。短いメモが残されていただけだ。『家財道具は手切れ金だと思ってね。探さないでください。アスマン』その夜、ホテルに泊まった。朝、花束をこしらえてもらってそれを買い、かかあのところに戻った。『神様がついてるじゃないか。かかあは俺に忠実で、酸いも甘いも嚙み分ける。分かってくれるさ』と思った。花束は俺の頭に振り降ろされた。七代前の御先祖様まで呪ってくれた。『当然だな』と俺は思った。『少し時間をおけば落ち着くだろう』とも。嫁は俺に速攻で三下り半を突き付けた。俺は荷物のようにその場に取り残された」

前を走るトラックに視線を固定して、深いため息をついた。

「ああ、アスマンよ、ああ！　俺の家庭も家財もぶっ壊し、俺を廃人にしてくれた女よ……こういうわけだ、若いの。だからこのアスマンはあのアスマンなんだよ。」と言い、「時々写真モデルもやっていたんだ。これもそういう写真のうちのひとつだ。オリジナルは俺が持っている。トラックの後ろにこの絵を見つけたら、どれであれ、こうやって後ろをつけるんだ。その後ろを離れることはできない。まあトラックのアスマンの絵はそんなに多くはない。じゃなきゃ運転もクソもあるもんか、間違いねえ」とびきりの苦笑を浮かべた。

「それはそうと、こんな風に走行するのは危険じゃないんですか？　しゃべりながらも上の空じゃないですか。目をつぶったりして」

「いや、注意は払っているよ。でも人はものを想う時、目をつぶるもんだ。これは本来、何を考えているのか、誰にも見られたくないからやるもんなんだ。目をつぶれば自分自身からも夢想を隠せる。自分の中の本当の自分というのは、実はその夢のなかの自分なんだ」

「言葉も出ませんよ、大将。本当に驚きです（あんたのアスマンもニーチェのように〝一度私を発見したからには、もう私を見つけることは簡単だ、今後の難問は私を失うこととなるだろう〟なんて言ったんじゃないかとあてこすってやろうかと思ったが、やめた）だけど、長距離運転手としてこれだけの命を預かってるんですよ。危ない危ない、注意しなくては」

「勿論だとも」と彼は言った。「そりゃまた別だ。でも時々俺はこう考える。死ってやつには、死ぬということには色々と種類があるんだ。焼死、墜落死、溺死、悶絶死、それから英雄的死、犬死に。同時にこれらは全て生きることの種類でもある。おかしいと思わないか？」

「変わった人ですね、あんたは。というか興味深い」と僕は言った。もう一度振り向いて、アスマンを見た。横向きに寝て、肘を厚いクッションに乗せ、手は頬の下に置き、色っぽい視線を送る女。厚化粧のせいで顔は殆どまっかっかだった。内心「けっ、これがアスマンかよ！」と思った。振り返って運転手と目が合うとその顔にはいたずらっぽい微笑が浮かんでいた。

「お前さんは弁護士になるのかね？」と訊いてきた。「おそらくは」と僕。

「すげえな。怖いもんなしだ。お前さんが誰を弁護するにせよ、そいつに神のご加護あれ」

「どうしてです、運転手さん？」

「いいか、坊や」と彼は笑った。「お前さんはどうやら寝ていたんだろ。このバスは事故ったんだ。俺たちはほれ、あの前のトラックとバスを連結させたんだ。ガヴル山のてっぺんまで引っ張ってくれるはずだ。ちょっと屈んで前を見れば、牽引ロープが見えるだろ」

最初は信じたくなかった。少しフロントガラスに向かって屈むと、ロープが見えた。僕たちは本当にアスマンに引っ張られていた。「バスを止めろ。降りてやる！」とわめきたくなった。でももう手遅れだ。一旦釣り針にかかってしまったからには。運転手は憎たらしくニヤついた。もしくは僕にはそう映った。また助手を呼びつけた。

「この学生さんにコロンをかけてやりな。自分の席に戻ってちょっと息を吐《つ》くがいい」

「困った人だ。完敗ですよ」と言い残して座席に戻った。助手も泣きっ面に蜂とばかりに、本当にコロンを持ってきた。僕の手のひらに数滴振りかけ、「大変でしたね」とニヤニヤした。バックミラーでこちらを窺《うかが》う運転手は、口髭の下で相変わらず笑っていた。

それから長い月日が過ぎた。彼が僕の弁護士事務所に入って来たとき、すぐにわかった。ファフリ大将だ。招き入れて、座ってもらい、お茶を出すよう言いつけた。こめかみのあたりは随分白くなり、口髭は随分黄色く変色していた。身体は痩せ、僅かに背中が曲がっていた。僕のことは認識しなかった。何十年も過ぎていたし、だいたい過去を思い出すような状況じゃなかった。大学生の息子が、とあるデモに参加して逮捕されたが、二か月間も弁護士が見つからなかったらしい。友人たちの推薦で僕を見つけた次第だった。「分かりました」と僕は言った。「書類に目を通してみます。明日来てください。お話しましょう」彼は立ち上がると、両手で私の手を握り締めて頭をさげた。僕も頭を下げ見送り、彼は去った。裁判は僕が担当した。息子は四か月後出所し、その後、無実となった。出所後、彼は息子も連れ、花やチョコレートを携《たずさ》え、僕の事務所に礼を言いに来た。

「何故ですか？」と彼は尋ねた。「どうして私からお金をとらないんです？」

「僕のことを思い出せないんですね、そうでしょう、ファフリ大将」と言ってみた。彼は一瞬驚いて私をじっと見た。思い出すために、しばらく苦労したようだった。

「すまんなあ」と彼。「何かヒントは？」

「アスマンですよ」と僕。

「こりゃたまげた！　でも、あの日、俺はあんたに何と言った？」

「何だっけ、大将？」

「言っただろ、お前さんは出世するだろう。お前さんが弁護するなら、必ず勝つ、そう言ったはずだぜ？」

「確かに言った。さすがの大将だ」

祝勝気分はまた違った意味合いを帯びた。僕たちはもはや旧友同士のように会話した。息子に向かって「俺たちゃずっと昔知り合ったんだ」と、思い出話が始まり、武勇伝の

〝機微な〟部分に一切触れずに話してきかせた。僕は立ち上がってドアの所まで見送った。ドアを出る瞬間、後ろから「ファフリ大将！」と呼びかけた。

「なんでえ、ドッキリ大賞君」

秘書の机の上にあったコロンをとった。両手を伸ばしてきたところに、振りかけてやった。

「大変でしたね、大将！」

僕を見つめて浮かべた微笑は心からのものだった。彼は「覚えてるとも」と言い、「もう沢山だ。こりゃ再起不能だ」と、頭を振り振り去っていった。

母との清算

Annemle Hesaplaşmalar

また一九八一年のことだ。僕は八歳、兄は九歳だった。僕と兄にとっては本当に暗黒の年だった。たった数か月前、酷い軍事クーデターが起こった。僕も兄もまだそんなことは飲みこめていなかった。だいたい、この話もそれとは関係ないんだ、母さん。

家で砂糖を切らした時のことだ。大抵は一キロ単位でアパート一階の商店《バッカル》で買っていた。でもそれは割高だった。五キロ入りの砂糖を買うべく、母さんは僕たちを問屋に使いにやった。問屋は自宅から一キロメートルのところだ。商店では五キロの砂糖は三百リラだった。でも問屋で買えば、二百五十リラで済んだ。母さんは僕らに二百五十リラをくれ、僕は兄さんと一緒に問屋で砂糖を買った。僕は小さかったから、砂糖の袋は兄さんが腕に抱えた。数歩も歩かないうちに兄さんはへこたれて、砂糖を地面に置いた。少し休んでからひとりが端っこを持ち、もうひとりが反対側を持ってまた数歩分運んだ。重くなってまたもや僕たちは地面に置いた。すなわち大きな砂糖の袋は持ち運べるような代物ではなかった。にっちもさっちも行かないことが分かると、僕たちは路肩で待機中の馬車のところに行った。兄は御者に家までの行き方を説明し、「いくらで乗せて行ってくれる？」と尋ねた。御者は僕たちふたりと、五キロの砂糖を不思議そうに眺めた後「五十リラだ」と言った。値段交渉なるものが存在することを知らなかった僕たちは、すぐに「お願いします」と答えた。砂糖袋を馬車に乗せ、よじ登って座った。ふたりとも足をぶらぶらさせながら、そのまま家まで帰った。家は五階だったので、御者は玄関まで砂糖を運んでくれた。実のところ、彼は仕方なく運んだのだった。僕たちは一文なしだったのから。代金をもらうためには玄関まで砂糖を持って行かなくてはならなかった。母さん、あんたがドアを開けると、僕たちは状況を説明した。最初、冗談だと思ってたよね。でもすぐに本当のことだと理解した。奥からお金を持ってきて馬車代五十リラを払った。問屋から買った砂糖は、一階の商店《バッカル》のと同額になってしまった。だけど僕と兄さんはその当時、資本の独占化に反対だった。資本は草の根、つまり民間レベルに広く行き渡るべきだというのが僕らの見解だった。三百リラ全部を商店《バッカル》に払うよりは、二百五十リラを問屋に、五十リラを馬車に払う。それは、僕たちの政治活動を初めて実際の行動に移したってことだったんだ。でも母さんがこれに納得しないもんだから、僕たちの活動は始まってもないのに、台無しになってしまった。あんたのせいでトルコは自由市場経済に移行し、この国が辿った経緯は、ほらこの通り。あんたもとびきり罪作りなことをしてくれたもんだよ、とびっきりね！

その後、母さん、あんたは自家製のヨーグルトを幾ばくか飯盒《はんごう》に入れ「これをハジュお祖父さんに持って行って」と言ったことがあった。兄さんと一緒に道草したり遊んだりしながら、四町ほど下った祖父の家に行った。着いた時にはお昼で、僕たちはへとへとだった。ハジュお祖母ちゃんは、「あんたがたも、もう腹減ったろう」と言い、僕たちが持ってきたヨーグルトに多少のパンを添えて出してくれた。兄さんと僕はヨーグルトを全部もりもりと食べてしまった。お祖母ちゃんは飯盒を洗って、僕たちに返してくれたので、受け取って帰宅した。「どうしてこんなに遅くなったの？」と母さんは訊いたよね。「お祖母ちゃんちでご飯食べたよ。だから遅くなっちゃったんだ」と僕たち。「何食べたの」と母さん。「ヨーグルトだよ」と僕たち。「もしかして持って行ったヨーグルトを食べちゃったの？」と呆れる母さん。僕たちはさも普通のことのように「うん」と答えた。母さんはこのことを何年も語り草にして、笑っていた。でも僕はいつだってこれが変だと思ったことはなかった。理屈は解明しづらいんだけど、すごく普通のことのように思っていたんだ。考えに考え抜いて、やっと刑務所でこの問題を解き明かすことができた。あのヨーグルトをあんたがお祖父さんとお祖母さんに持って行かせたのは、必要だったからじゃない。喜んで欲しかったからなんだ。僕たちがヨーグルトをふたりに渡した瞬間、ふたりはもう喜んだ。でも、そのヨーグルトを可愛くてたまらない孫に食べさせてあげることで、さらに喜んだんだよ。こうして、母さんが喜びをひとつ生み出そうと計画したヨーグルトから、僕たちは合計ふたつ、喜びを生み出したことになったんだ！　きっかり三十六年間に亘って、僕らは母さんたちに理不尽に笑われてたなんてね、鬼かよあんたら。

　その年、母さんと礼拝帽子の仕事にも手をだしたよね。あんたは家でアクリル毛糸を使って、礼拝帽を作り、僕とヌレッティン兄さんはそれを売っていた。そりゃ、多分僕たちの仕事は狙い通りにいかなかったかもしれない。あの時代、礼拝帽市場では世界規模の異常な大不況があったんだ。でも母さんはいつもそれを販売部隊のせいにしてたよね。例えば、生産過程で発生した不具合については何故か追及の対象にならなかったし。そのシーズンはより細かく編まれたパステルカラーへの需要が高まっていた。少なくとも、巡礼に行くおじさん連中の好みがそうだった。しかし、あんたは目の荒い、ボルドーやカーキや黒や赤の帽子を編んでいた。母さんたら、緑と赤の礼拝帽なんてあってたまるかよ！　でもあんたは作ってしまった。作った以上、僕らも（赤と緑がトレードマークの）ディヤルバクル・サッカー場の前で売るしかなかった。ウル・モスク前でだって、あの手この手の口上で頑張ったんだけどね。そもそも、帽子の殆どはハジュお祖父さんに売りつけていた。売り上げがなかった日にはお祖父さんの商店《バッカル》に行くんだ。貰ったゴーフルをむしゃむしゃやりながら、一個か二個帽子を売った。要は母さんが作った帽子のうちの少なくとも二十個はあんたの父親に売ったってことだ。このことは知っておいて欲しいな。全部で二十五個の帽子しか編まなかったこともあわせて思い出してね。

　ある日、父さんが昼ご飯を食べに職場から家に来た。あまりないことだったが、その日は家で食べたくなったらしい。母さんは慌てて食卓の準備をし、僕たちにパンを買ってくるようにと下の商店《バッカル》に使いにやった。どういうわけか、もう商店《バッカル》と言えば、僕たちが思い浮かべる場所は一つしかなかった。お祖父ちゃんの商店《バッカル》。道草を食いながらまたそこに行って、ゴーフルを食べ、のらりくらりと家に戻った。うちに帰った時には三時間が過ぎていた。心配した母さんに「あんたたち、どこにいたのよ」と問い詰められると、「お祖父ちゃんのお店に行ったんだ」と答えたっけ。それでパンはどこなの？　と訊くと、僕は瞬時に兄さんを見つめた。パンの責任者は兄さんであるかのように、どうして僕に訊くのさ、という感じで見つめたんだけど、あんたは引っかからなかった。お父さんはパン抜きでお昼を食べて職場に戻った。ねえ、どうしてこうなったのか、論理的な説明は僕だってまだ発見できていない。だからこの件は飛ばすことにしよう。

　結局のところ一九八一年というのは、僕たちにとって厳しい年だった。でも、どんな厳しい時代も絶対にいつか過ぎ去る。終わるんだぜ、母さん。あんたの手に敬意を込めてキスをするよ、それからこの世の母親たち全員にも。

歴史の如き孤独

Tarih Kadar Yalnız

父とは一度も濃い会話をしたことがなかった。女の子は父親になつくらしいけど、私は今までそんな風に感じたことがない。物心がついてからずっと、父といえば自分の殻に閉じこもっていた。私に対してだけではない、誰に対してもそうだった。母と喧嘩したのも見たことがない。かといって深い情熱で互いに結ばれているとも思われなかった。おそらく母も父のそんな状態を受け入れ、そんな形の静かな生活に納得していたのだろう。はしゃいだり、楽しげにおしゃべりしていた時もあったと、なんとなく覚えている。我が家はウスパルタに薔薇の大農園を持っていた。父は薔薇農家だった。母と一緒に、薔薇を収穫したり、卸し業者に売ったりすることに、自分の時間全てを費やしていた。父は辛うじて中学を卒業、母は読み書きを知らない。私の前に生まれたきょうだいは僅か二か月の時に死に、私の後にも子供はできなかった。小さい頃は薔薇園で両親の手伝いをしたものだった。でも薔薇園の仕事は嫌いだった。私はずっと勉強がしたかったし、父も私を励ましてくれた。

大学の建築学科に合格し、イスタンブールに出た後は、長い事ウスパルタに戻らなかった。夏休み、短期間家に寄っただけだった。

五年前、母が他界して初めて、私は一週間ほど父の側に滞在した。ひとりにしたくなかったのだ。父とまともに口をきいたことは、一週間に三回もなかった。苦悩も悲嘆も父は自分で抱え込んだ。父の心に母が残した空白は、ひしひしと感じられた。

母と私はもっと仲良しだった。週に何回か、欠かさず電話で愚痴を言いあったりしていた。私が強くせがんだ結果、イスタンブールに二回来てくれ、母娘《おやこ》水入らずで物見遊山を楽しんだ。父は遊びに来たがらなかった。私も心得ていて、誘うことすらしなかった。母の突然の死を前にして、私は天涯孤独になったような気がした。自分に父親が居るという感覚がなかったのだ。父には母の居ない空白を埋めてくれることなど期待しなかった。父も私に対して何か期待しているとも思われなかった。私を愛していることは分かっていたが、それを示すほどには親密であったことなど一度もなかったのだ。生まれてこのかた、私に辛《つら》くあたったことはなく、もっと言えば怒ったことさえ記憶していない。父は静かで、落ち着いた、善良な人だった。

父親と過ごしたある週末、「お父さん、もうイスタンブールに戻らなきゃ」と告げた。

「そうだろうとも。お前は自分の仕事に戻るがいい。こっちは心配無用だ」父にしてはいつになく感情がこもっている声だった。「よかったら、一緒に行かない？　しばらく私のところで暮らすといいわ。ちょっと気分転換になるかも」と誘ってみた。こんなにも親身に誘ったことに、自分でも驚いた。だが、父は特に意外性を感じた様子もなく、「いや、ありがとう。今はここで満足なんだ。近々薔薇の収穫をしなくてはならない。それを終わらせなくてはな。それから考えよう」と答えた。別れの挨拶を交わし、私はウスパルタを離れた。

イスタンブールに帰った私は、ただ溜まった仕事をやっつけた。仕事に専念することは、私にとっていい影響を及ぼした。私はパートナーと建築事務所を設立しており、仕事は日に日に増えていた。短期間のうちに、夢にすら見たことがないような大プロジェクトを担当することになった。イスタンブール各所で始まった都市改造計画のおかげで、私たちにもケーキの分け前が降って来たのだ。パートナーのフラットは大学時代からの友人だった。最終学年でつきあいはじめ、卒業後に一緒に建築事務所を開いた。母がイスタンブール訪問中に紹介した。彼と仲良くなるにつれ、母は「この男の子を逃しちゃだめよ」と言うようになっていた。私は母の言うことに従い、フラットと結婚した。母の死から一年後のことだった。父は電話し、「お父さん、私、結婚するわ」と告げた。「幸せになるんだよ。

お前のためを思うと、凄く嬉しいよ」と父は言った。友人を招いて開いたささやかな結婚式には来なかったが、その夜、私たちふたりを電話で祝福してくれた。

父は結婚の一か月後も電話で「農園を売ったよ。フェニケの小さな土地に引っ越すことにした。住所はあとでお前に送る。こっちは心配するな」と報告してきた。「頑張ってね、お父さん。何か必要だったら、必ず私に連絡してね」と私も答えた。十日ほど後、引っ越し先の小さな漁村であるフェニケの住所と、元気であること、機会があれば寄って欲しいとメッセージを送ってきた。「いつか必ず行くわ。元気でね」と返事を書いた。一か月に一度は必ず電話して、近況を確認した。殆どの場合、父は元気で、何も思いわずらうことなく、悠々自適に暮らしていると言っていた。

フラットとの結婚生活も仕事同様に順調だった。私たちは一週間に六日間働き、日曜日はのんびり過ごした。土曜の夜はベイオウル地区で、共通の友人とグラスを傾け、映画館や劇場などに行って、気晴らしをした。文学はフラットの特別な関心事だった。私も読書家ではあったけど、フラットはまさに文学青年そのものだった。あらゆる新刊本を追いかけ、精査し、検討を重ねた後、毎週本屋に行き、一抱えもの本を買っていたのだ。この情熱は多少なりとも私に伝染した。彼は特に気に入った小説は、必ず私にも読むように薦めてくれた。私は彼のチョイスを信頼していた。決して読み損ということはなかった。ある日、彼はまたベッドに横たわって読み終えた一冊の本を、その胸の上に置いた。天井を見据えて「半端ない！　よくもここまで見事に書けたな。これがデビュー作だそうだが、職人芸の域だよ」と言った。その後、「絶対読むべき。君も気に入るよ」と言い、本を私に差し出した。題名からして心を揺さぶられた。『歴史の如き孤独』。作者はハサン・ヴェファ・カラダール。退職した機械技師だそうだが、写真から割と年配と分かる以外、作家の履歴について特に情報はなかった。とりあえず眺めて、ベッドの脇のサイドテーブルの上に置いた。「分かったわ、後で読む」とフラットに伝えた。

都市再計画の一環として買われた土地の取り壊しが急速に続くなか、一方でその更地に巨大なマンションがそびえ立つようになっていた。特にカドゥキョイ、フィキルテペで獲得した私たちのプロジェクトで得た大金は、生活水準を根底からひっくり返すほど莫大なものだった。溜めたお金を都市計画圏の不動産投資に使い、再開発が決まると手放すのだ。建築プロジェクト以外にこの方法で副収入を得ることができた。ただ、本業の目まぐるしさと、恒常的な資産運用熱のせいで、私たちは機械のようになってしまった。金儲けに忙殺され、消費の機会を見つけられない。都市計画反対キャンペーンを繰り広げる市民団体以外、実質的に私たちの生活に何の苦悩の種もなかった。果たして幸せなのか、そうでないのか、それを考える時間すらなかった。結局のところ、働いて、稼いで、裕福に暮らしていただけだ。フラットともあまり一緒に居られなかったが、深刻な問題は抱えていなかった。この多忙と奔走のなか、夜、寝る前、やっと数ページだけ本を読む時間を確保していた。フラットが私に本を渡してから、一週間後、『歴史の如き孤独』を手に取ることができた。ひどく疲れていたにもかかわらず、その本はのっけから私を文字通り虜《とりこ》にした。無意識に眼を閉じてしまった時には、ほぼ半分も読み終えていた。翌日早めにオフィスを後にした。本のことが気にかかっていた。帰宅するとすぐ、また読み始めた。フラットから電話があり、建築現場の後、職場に寄って、遅くまで働くつもりだと言ってきた。この機会を利用して、私は本に没頭した。フラットが私を起こさぬよう、鍵を使い、静かに扉を開け、帰宅したとき、私は最終ページを読んでいた。居間に来た彼が「まだ寝ていなかったの？」と尋ねても、集中力を切らさぬよう目は本から離さず辛うじて「うん」と囁いた。彼も私がそんな風なので、棒立ちのまま数分間私を見物した。ついに最後の文章も読み、フラットに向かって「本当に半端ないわ！　あなたが言うだけのことはある、魂を揺すぶる作品よ」と伝えた。私の側に来た彼は「うん、僕も圧倒されたんだ、正直」と語り出した。「賑やかな集団のなかの人間の孤独をこれ以上に表現することは不可能かもしれない。ネルミン、時々頭をよぎるんだけど、僕たち、馬車馬のように働いて稼いでいるのはいいとして、厳密にはお金以外に何を稼いだことになるのだろう？　こんな大金のせいで抱えるようになった孤独感が、時々僕を怯えさせる。考えてもみて。社会的に、階級的に上位に駆けあがるっていうのは、殆ど大気圏から宇宙空間にむけて上昇するようなものなんだ。上に行くほどそこに生息する生き物の数が減少する。上昇するにつれ、人間社会と庶民の生活から遠く離れて、宇宙の真空状態のなか、孤独を抱えて旅をすることになるんだ。悲惨なのは、わざわざこうなるために、身を粉にして朝から晩まで働かなきゃいけないってところだ。自分のことを、生の坩堝《るつぼ》から浮きあがり、生が枯渇した場所に向かって進む、哀れな志願者のように感じることがある」まるで独り言のように彼はこれらを語った。「ええ、実際その通りだわ。問題のこの側面を見直すなら今だし、もう遅すぎたくらい。この小説も正直いいきっかけになった。ある種の事と折り合いをつけるには、もっと注意深く、もっと丁寧に行動しないといけないんだと思う」と私も言った。フラットは向き直り、私の目を真っすぐに見た。「こうしようよ、ネルミン。明日の朝すぐ、長期休暇をとって出かけよう。頭を落ち着かせて、この問題を考え、話し合い、少し休息するんだ。ねえ、どう思う?」と興奮気味に言い募《つの》った。「待って。そんな思いつきじゃ駄目よ」と私。彼の意気込みを打ち砕かないように、「明日の朝、出発するのは不可能よ。山積みの仕事を放りだしたら、大変なことになるわ」という理由をつけ、「無理だ」と伝えようとした。

早朝、荷物をトランクに積みこんでいる時にも、まだ自分たちの行動が信じられなかった。エーゲ海の港町を余すところなく旅した後、最後にフェニケの父の家に寄ってから帰るという計画さえ、出発直後に立てた。それから、父に電話して、今向かっている事、十日後にそちらに寄ることを告げた。「道中気を付けてな。良い旅を」と父は言った。

エーゲ海の海岸沿いを楽しく旅するなか、フラットと昔のことや将来のことを語り合った。この国と世界で起きている惨状、人類の発祥の地で文明の名のもとに行われている蛮行とドラマについて語った。文化の退行や、環境破壊や、人と人とのつながりを奪う個人主義や、愛と情熱が行きつく突然変異について議論した。フェニケに着いた時には、リハビリを終えたばかりのような感じだった。

父の道案内に従うと、住所を探すのは難しくなかった。それは道路際の木立に並ぶ店舗数軒と、少し高台にある、丘に向かって広がる森に点在する二十軒ほどの農村風民家で構成された場所だった。田舎風な茶館の前に車をつけた時、父は、一見して村人風の三人の年配の男性と一緒に外の木のテーブルに座っていた。私たちを認識すると、微笑んで立ち上がり、車に近づいてきた。私とフラットは父の抱擁をもって迎えられた。父は一歩後ろに下がると、フラットを上から下まで検分するようにした。結婚して二年が経つが、会ったのはこれが初めてだった。父が親しげに笑顔で迎えてくれたことは、フラットの緊張を解く一助になった。茶館に居た父の友人達には、立ったまま紹介され、握手を交わした。それから父は私たちを自宅に導いた。茶館の主人がお茶のサービスを申し出ると、父は「ウチで入れたお茶はお前さんのところのより美味いさ！」と冗談めかしてそれをかわした。父は「ついてきてごらん、お若いご両人」と、私たちを先導した。色とりどりの花で覆われた、つる棚のある庭付きの魚料理屋。これもまた見事な庭園内のあずまやに各々テーブルが設置された、田舎風の薄焼き餅《ギョズレメ》食堂。土産物と特産品を扱う屋台。それらを通過し、薔薇が咲き満ちる父の家に到着した。広大な庭の一角に設けられたこぢんまりした小屋から成る住まいは、庭の付属品のような佇《たたず》まいだった。植物が絡まる庭のあずまやの下に、一対の木製の長椅子があり、椅子の上には絨毯《キリム》模様のクッションが置かれ、中央にはこれも木製の大きめのテーブルがあった。庭の至る所が、色とりどりの薔薇と果物の木でいっぱいだった。長年の薔薇栽培で培《つちか》った全技巧を、父はこの庭で巧みに花咲かせたようだった。長椅子に座ると、果樹園の間から、道路直下に広がる永遠の海を眺めることができる。私たちを席に案内するとすぐ、父は「お茶を沸かしてすぐに戻るよ」と言って、小屋に行った。フラットと顔を見合わせ、この絶景と安らぎの空気感とを味わった。時折、前方のアスファルトを快速で駆け抜ける車の音を勘定に入れないなら、浜辺に打ち寄せる波の音と微かにむせぶ涼風の音色に混ざったコオロギの鳴き声以外になにも聴こえなかった。父は、余生を送るにふさわしい場所を選んだと思った。正直羨《うらや》ましいくらいだった。旅の疲れの影響もあり、ふたりとも長椅子に丸まって寝てしまいたい誘惑にかられるのを我慢していた。しばらくすると、父が片手に薬缶《やかん》、もう片方の手にお盆と茶杯を持って戻って来た。お茶の味は言っただけのことはあった。数時間に亘り、私たちの仕事や近況、父の村での新生活のことなどを語り合った。私が見た限りでは、母の死後、ここでの静かな生活は父にとってよい影響を及ぼしたようだった。父は昔に比べると少し饒舌になったが、それでも本音が読めない人だった。勿論、本音があればの話だが。父がこうした形で落ち着いたのを見て、私も嬉しくなった。泊まっていくよう強く勧められたが、私たちは断った。夜の飛行機で、アンタルヤからイスタンブールに戻らなくてはならなかったのだ。車も代行運転手を使ってイスタンブールに届けさせる手筈になっていた。泊まるよう説得できなかった父は「それなら魚でも御馳走させてくれ。それから行くがいい」と言った。実際、新鮮な外気のなかにいたせいか、そもそも空腹で堪らなかったので、この招待は断らなかった。隣の魚料理屋の庭の木製のテーブルに座った。村の人々全員が、父のよい友人であることは明らかで、和気あいあいと付き合っている様子だった。道路沿いの店舗はいずれも村人が経営していた。庭で収穫したばかりの野菜のサラダ、極上の前菜、新鮮な魚、私たちはぺろりとそれら全てを平らげた。父が、朗色を目に滲《にじ》ませて、村の思い出話を語るのを聞きながら、食後のお茶も飲んだ。その後、別れを告げて出発した。フラットは、帰り道、父にひどく感銘を受け、話していて大変愉快だったと語り、今後はもっと頻繁に会わなきゃ、としきりに力説していた。

翌日、私たちがオフィスに出勤した時、すべてがリニューアルしたような、もっと正確には新たな人生が始まったような感じだった。もう人生は仕事と金だけだと割り切らず、世間に対してもより敏感になり、社会問題や政治問題に対しても、可能な限り関心を持っていたいと思った。少なくとも休暇中には私たちはそう決意したのだった。しかし、まだ二週間も経たないうちに私もフラットも昔のリズムに逆戻りし、さらには昔以上に働き始めた。互いに打ち明けるまでもなく、休暇中ずっと語り合ったことは、ビジネスの成功のために行った、一種の贖罪行為と見なすようになっていた。とどのつまり、時々そんな夢を見たところで、誰にも害はないのだ。

このようにして二年がまた過ぎた。事業の拡大はとどまるところを知らぬため、より大きな建築事務所を設立した。私たちの下で働く十二人の建築家と技術者が会社の日常業務をこなす一方、私とフラットはより巨大プロジェクトを追いかけていた。一日でも働くことをやめたら、いつ何時でも貧乏になる、倒産して底辺に落ちるとでもいうかのように、痛烈な不安にかられて仕事に邁進《まいしん》していた。何日もお互いの顔も見ないことがあった。夜は気絶したかのように寝て、朝早くには、事務所や現場に駆け付けた。本当は、この先私たちが十回人生を繰り返しても、ため込んだ財産を使い果たすことはできないほどだったのだ。しかも、私にもフラットにも近しい親類さえいなかった。本当のところは、私たちが彼らにとって近しい存在の親戚ではなかったのだ。かくも仕事に忙殺されていては、子供を作るとか、育てるという発想は頭の片隅にもなかった。私たちは不幸ではなく、そうであるからには幸せだと思っていた。

またある土曜日の夜、ベイオウル地区をぶらついていると、書店のショーウィンドーにハサン・ヴェファ・カラダールの新刊本のポスターがあった。二作目の本のタイトルは『愛こそが君に留まる』。すぐに中に入って一冊ずつ買った。「デビュー作と同じくらい傑作だといいなあ」とフラットは言った。デビュー作『歴史の如き孤独』はトルコでベストセラーとなり、しかるべき注目を集め、様々な外国語に翻訳されても国内同様の成功を勝ち取り、多くの賞を受賞していた。

翌日は家で読書をして過ごした。ふたりとも没頭しすぎ、夕方まで食事すら忘れていた。フラットに言われてやっと、家でありあわせのものをささっと作って食べ、それからまた読書に戻った。物語の展開が興趣に富み、劇的なあまり、真夜中まで一度も休憩せずに読み耽った挙句に完読した。書斎にいたフラットが手に本を持ち、居間に来た時、私はただ茫然と、腫れた目で天井を見ていた。デビュー作は傑作であり、事実それは私たちにとって、いくつかの問い直しのきっかけになった。当初の決意をどれだけ実生活に反映できたかはともかく、この豊かさのなかの虚無を、私たちの顔面に平手打ちよろしくぴしゃりと叩きつけた作品だった。だがこの第二作目はほぼ私たち自身の物語だった。そこに描かれるのは、常に他人が作ったルールに従って生きるということであり、市場経済の厳密さに基づき完璧に構成された人生の衰微した輝きであり、失われし愛だった。朝まで、殆ど日が昇るまでフラットと語りあかした。ふたりの人生、ふたりの関係、愛に取り残された亡霊、陥ったジレンマの息苦しさ、巻き戻しが出来るのかできないのか、失われた愛が残した巨大な虚無を銀行の口座残高が、代わりに満たすことはあるのかどうか……これら以外にも沢山。もう長い事、互いをただの仕事仲間と見なし始めたことも、難なく打ち明けることができた。最後に、フラットは微笑んで「また旅に出かける時が来たのかもしれない」と言った。「今回も『さあ立って、出かけるよ』って言うんじゃないでしょうね」「いや、今回は何日かじっくり調整をして、その後出発しよう」「いいわ、それなら。さてさて、今は仕事の時間ね」シャワーを浴び、急いで朝食を食べると、睡眠不足のまま出勤した。

オフィスの職員はいつものように慌ただしくその日の業務にとりかかっていた。本の余韻が眠気といり混じると、私は仕事の意欲を失った。幽鬼《ゾンビ》のように無意味にその場を徘徊した挙句、昼頃には耐えられなくなり、空調のきいた執務室のソファに横たわって眠った。携帯電話の呼出音で、無理矢理に半分目を開けた時には、いつから眠りこけていたのか判然としなかった。でも、まるでさっき眠りに落ちてすぐに起きたかのように、疲れ果てた感じを覚えた。身体にかけられた毛布と頭の下に差し入れられた枕から察するに、昼寝中、フラットがここに立ち寄ったらしかった。嫌々ながらサイドテーブルの上の携帯に手を伸ばした。登録外番号の着信だった。最初、着信音を消して、もう少し寝ようかと思った。だが、電話の主《ぬし》が誰にせよ、しつこく諦めなかった。私は眠たげな声で「もしもし、どうぞ?」と言った。「ネルミンちゃん、あんたかい?」と年配の男の声が言った。気になって「ええ、私だけど、恐れ入りますが、そちらはどなたでしょう?」と答えた。「わしだよ、セリムだ。フェニケからだよ。お父さんの友達だ。漁師のセリムさ」「ああ、そうだわ、思い出したわ。セリムさん。失礼しました。一瞬思いつかなかったんです」と私は言ったが、何か胸騒ぎがした。セリムさんが何故私に電話を?「お騒がせしてすまんね。でもちょっとお父さんの具合が悪いんだ。今、フェニケの国立病院に居る。すぐに来てもらえるといいんだが」と聞くと、私は毛布を跳ね飛ばして立ち上がった。「父はどこが悪いの? セリムさん? もしかして深刻なの? 今、側に居るの?」と慌てて畳みかけた。

「あまり良くないんだ。あんたに来てもらった方がいい。わしからはそれしか言えん」と言って電話は切られた。実際、セリムさんの声の調子で、どういう状態かは明らかだったが、それでも想像したくもなかった。落ち着きを取り戻して、まずはフラットに電話した。彼は出先で、現場に居た。状況をざっと説明して、空港での待ち合わせを約束した。

フェニケ国立病院に着いた時は、真夜中に差し掛かっていた。私たちは病院の庭でセリムさんと村人たちに迎えられた。その光景は、特に言葉を必要としなかった。一瞬、気を失いそうになった。フラットが腕をとって支えた。「ご愁傷さまです」の声が響くなか、ベンチに座らせてくれた。父とは多分一度も親子らしい関係だったことはなかったのに、その死が私にかくも痛烈な哀しみをもたらすとは。それを想像したこともなかった。会えなくとも、親しくなかったとしても、そう、私には父が居た。そして今は、もういない。病院の庭で、私は泣いた。両手で顔を隠し、しゃくりあげながら。

その日の朝、父は家から出てこなかった。心配した村人が訪問し、ベッドで眠るように、安らかに横たわる遺体が発見された。即座に救急車を呼んだ、為すべきことは何もなかった。医者たちは直接父を遺体安置所に送った。程なく私に連絡がとられた。村人はひどく悲しんでいた。父はいい人だったらしい。父が村に引っ越してきた当初は多少緊張が走ったが、短期間のうちに仲良くなり、地元仲間同然と見なされるようになっていた。こうした言葉が周りの村人の口から零れる間、私は心から自分を呪っていた。もう少し時間を割いていたら、もう少し関心を払っていたら、何かが失われるとでも？　確かに父は自分の殻にこもっていたかもしれない、でも、私も父に近づくために何の努力もしなかった。

村人は私が少し落ち着いたのを見ると「どこに埋葬します？」と尋ねた。驚いて彼らの顔を見つめるばかりだった。そんなことは考えていなかった。もっと正確には、父がいつか死ぬということすら考えなかった。さらに酷い事には、ここ数か月、父のことなんか全く考えてなかった。しばらく迷ってから、「本人はここで眠ることになっても嫌とは言わなかったと思います。でも、恐れ入りますが、ウスパルタに、母と一緒に埋葬してあげたいんです」と私は言った。全員この決定に賛成してくれた。朝早く、遺体と共に出発することが決まり、準備のために解散した。セリムさんだけがひとり残った。「一緒に行こう。今日はうちに泊まっていきな」と、断固たる調子で彼は言った。「お申し出はありがたいんですが、ご迷惑でしょうから。ホテルに泊まることにします。どうせ明日早くには出発ですし」とフラットが言った。「それは絶対いかん」とセリムさんは食い下がった。「うちに泊まっていってくれればうれしい。でも、ゆっくりできないというなら、お父さんの家が空いているからそこに泊まりなさい」新しい提案はより私たちに馴染んだ。「もちろん、私たちにとっても本当はそのほうがいいです」と答えた。フラットも首を縦に振り、同意してくれた。

小屋に入って灯りを点けると、手前の小さな玄関ホール、奥の寝室や小さな台所や風呂場といった家全体をわけなく見渡すことができた。玄関ホールには窓のすぐ下に木の仕事机、デスクライト、木の椅子が配置されているのが目についた。家の中にはさほど家具はなかった。庭にあるのと似た長椅子、その床には古い絨毯《キリム》、そして小卓があった。仕事机の上の小学校で使うものに似た沢山のノートと鉛筆が目についた。フラットが寝室と風呂場を探検している時、私は一番上にあったノートを手に取り、ぱらぱらとページをめくってみた。全ページが父の筆跡で埋め尽くされていた。のたうち回ったような鉛筆書きの、空白のない十一冊のノート。父は書き取りをして文章の上達を目指していたのだろうか。もしくは……これは？

ノートを全冊抱えて長椅子に座った。一番上のノートの最初のページを読んだ時、凍り付いてしまった。フラットに声をかけるにも、数秒間冷静になる必要があったほどだった。隣に来て座った彼にノートを渡し、衝撃にくらくらしながら「これを読んでみて」と頼んだ。フラットはタイトルと最初の文章を大きな声で朗読した。「〝歴史の如き孤独〟。大勢に囲まれたこの上なく賑やかな環境でも、孤独を感じる時があるだろう。全宇宙で貴方の存在を知る唯一の者が貴方しかいないかのように。この孤独に通じる石畳の道の石はどれも自分が敷設《ふせつ》したという意味では……」彼はしばらく静かに朗読を続けた。ノートをもう少しめくって、適当に何ページか読んでみて、ハサン・ヴェファ・カラダールの本をそのままノートに書き写したものだと理解した。それは別のノートにも同様の形で続いていた。さらには『愛こそが君に留まる』もそのままノートに書き写されていた。私たちにとっては、全く信じられないような偶然だった。つまり私たちはここ数年、父と同じ本を読んでいたということだ。その上、逐一ノートに書き写してしっかり自分のものにすることを試みたからには、父も私たち同様、この本にひどく感動したということになる。正直なところ、父がこの類の本を読むことができるなどと全然想像したこともなかった。父のことをどれだけ知らなかったかということに思い当たり、またもや後悔の念に襲われた。フラットも家をひっかきまわして、この二つの出版形態の本を探したが、見つからなかった。少なくとも寝室内の書物のなかにはなかった。父が最後の五年間を過ごしたこの小屋にさえ、私は本人の死後に入ったのだった。悔やんでも悔やみきれるものではなかったが、もはや埋め合わせることは不可能だった。

早朝、村人の付き添いも数人伴い、父の遺体と共にウスパルタに出発した。墓地に到着したのは昼だった。昼の礼拝の後、葬儀が行われた。墓の周りには予想以上に多くの人が集まっていた。父と母の近縁、遠縁の親類や友人が皆訪れたようだった。私はその殆どの人を知らなかった。久しく疎遠だったからだ。ただ誰もが、偽りのない思いやりと悲しみをもって、私の所に来てお悔やみを言ってくれた。皆に対してとんでもなく恥ずかしく思った。

埋葬が終わり、参列者がぽつぽつと解散するなか、私はもう少し残りたいと訴えた。フラットが腕をとって母と父の墓に付き添ってくれた。既に全員が帰り、墓前には年配の男性が残っているだけだった。改めてよく観察すると、見覚えがある顔のような気がした。でも思い出せない。その男性は上品な態度で私に近づくと、哀しみの滲む声で「ご愁傷さま、お嬢さん」と挨拶した。どこかで知り合っていることは確かだった。でも今質問したら失礼になってしまう。本人も私のこの戸惑いに気づいたものらしい。「あんたはもしかしたら忘れているかもしれんが、私はお父さんの幼馴染だよ。小学校も中学校も一緒だった。それからお父さんは学校を辞めてしまった。私は進学した。イズミールの大学で勉強した。長い間、街から街へ転勤を繰り返した。でもお父さんとの連絡が途絶えたことはなかった。数年前、私も定年になり、ウスパルタに戻った。時々、お父さんに会うためフェニケに行き、数日間はお父さんの所に泊まったものだった。一緒に釣りをしたり、朝まで楽しく語り合ったりしていた。私たちはえらく仲良しだったんだよ」彼は溜息混じりにそう語った。「遅ればせながら、父の友人とお会いできてうれしいです」と、私はしみじみ言った。彼はポケットから名刺を取り出すと私に差し出した。「イスタンブールに我々の財団があるんだ。都合がいい時に来てもらいたいな。本当はお父さんのことで話すことは沢山ある」と彼は笑った。名刺を受け取り、フラットと同時に読んだ。ふたりとも、「なんてこと。本当に彼なんだ」と叫んだ。目の前に居る年老いた男性は写真で知っていた作家ハサン・ヴェファ・カラダールその人だった。「そうだった。私たちが持っている本の著者近影で貴方のことを知っているんですよ」とフラット。

「お知り合いになれて非常に光栄です。正直、父の幼馴染だということも、私たちにとっては大きな驚きでした。貴方の本は大好きで、興味深く拝読しています。非常に感銘を受けたと申し上げなくてはなりません」これで、父が貴方の本をノートに書き映した秘密が理解できたことにもなります。男性は数々の写真で見たより、ずっと老けていた。つまり昔の写真を使用したのだろう。深い悲嘆の表情から、父の死をひどく悼んでいることが窺《うかが》えた。ハサン・ヴェファはぐっと近づくと、私の目を覗き込んで言った。「違うよ、お嬢さん」しばらく間を置いてからこう続けた。「お父さんは私の本をノートに書いたんじゃない。お父さんがノートに書いたことを私が本にしたんだ」

最初は冗談かと思ったが、彼の態度はそのようには全く見えなかった。「お父さんは晩年を過ごしたフェニケの小屋で自分が考えたことをノートに書いていたんだ。私は滞在中、その文章を読んで、なんとも秀逸で魅力的だと思っていた。出版するために、ずっと説得を続けたんだが、最終的にある条件で受け入れてくれた。自分の名前で出版したくはない。この期に及んで作家になって、ここでの落ち着いた暮らしを壊したくない。君の名前で出版して欲しい。あらゆる雑務も君が請け負ってくれ。私もそれならこっちもひとつ条件があると申し出た。本が売れたら、その印税は若い文学者たちのために使おう。びた一文手を出さないこと。我々は同意し、そういう形で二年間に二冊の本を出版した。私が予想した通り、本は人々によなく愛され、その利益でイスタンブールに財団を作った。今では多くの文学者を支援している」そう言って満足げな表情で微笑んだ。フラットと私は事実上ショック状態のまま、ぽかんと口を開けてハサン・ヴェファの話に聞き入った。握手をして別れる時「財団に寄るのを忘れないでおくれよ。ところで、お父さんはあの小屋のノートをあんたに残していったよ。死ぬ前にはあんたに打ち明けたくなかったんだ。あんた以外の誰にも明らかにしないということも約束させられた。あのノートはとても貴重だ。あれは実は、あんたと全人類に対する遺言状なんだ」と彼は言い残すと、重々しい足取りで去っていった。

振り向いて父の墓を見た。そしてフラットを。ひざまずいて墓の上の土を手に取った。今経験した恥と後悔を最後とすることを父に誓った。

注：物語のなかの本のタイトルはムラトハン・ムンガン作品の一節である。

最後は大団円

Sonu Muhteşem Olacak

市議会の長丁場の会議を終え、帰宅した彼はあらゆる立ち振る舞いに昂奮が漲《みなぎ》っていた。庭の開けっ放しの門をくぐれば、母親はいつものように畑の野菜の世話をしていた。静かに近づくと、首にしがみついてキスをした。母親は驚いて転倒しそうになるも、彼はその疲れた体をしっかり支えた。「たまげたねえ。どうしたの？　今日はご機嫌じゃないの？」母は息子に言った。「驚くような知らせがあるんだ、母さん。会議に出席するためにアメリカに行く。市議会で僕が抜擢された」母親は誇らしそうに息子を見て、一瞬目を潤ませた。医学部に合格し地元を離れたときも、医者になって帰郷したときも、同様の誇らしさを覚えたものだった。息子を妊娠中、夫は殺害された。苦痛に満ちた陰惨な年月を経て、ついに嵐を乗り越え、全てが軌道に乗る時代に差し掛かったところだった。息子が学校にあがる頃には、もう母語《クルド》で教育する学校が存在した。町内会や市議会の決定により開校した学校で、自分自身も遅ればせながら読み書きを勉強した。チグリス河のほとりのこの古い町では農業が重視され、農業に従事したい者には十分な農地が分け与えられた。チグリス河の水は水路を通じ、全ての畑や果樹園に遍《あまね》く行き渡った。町内会はそれぞれ自分たちの生活協同組合を作り、生産品は皆、組合を通じて、個人にも地域全体にも販売されることとなった。組合の支援により、畜産業や手工業や観光業も発展し、村々はこの数年間で自給自足できるほどに経済力をつけた。年々、自立の道が確立されていくことによって、人々は当然の誇りを胸に抱くようになった。違法行為や賄賂、窃盗、麻薬、売春といった過去の負の遺産を消滅させるべく、文字通り共同体ぐるみの動員が行われ、重要な成功を収めたのだった。新しい世代が倫理的・政治的に尊重されるよう、全住民が一丸となって協力し、議会で新しい決定を下し、それを実行した。古い因習を一掃することの難しさをかみしめつつも、我慢づよく、着実に新たな暮らしを構築し、失業と貧困が収束する地点に到達。社会経済の実現を目指して、可能な限り民主的なモデルの適用につとめ、数多《あまた》の障害や困難にもかかわらず、二十一世紀の前半には、全世界に対して模範となり得るシステムを構築することに成功した。特に、太陽光と風力を利用した、町全体の電力を賄うクリーンなエネルギー開発、歴史と自然に調和した都市計画、全市民が享受できる平等かつ無料の健康保険制度、公平かつ公正に動く法的機関、民主主義を直接実現することのできる自治会、性別、宗教、生活スタイルにおけるリベラルな寛容さは、全世界の注目と驚嘆の的だった。こうした発展は総じて、地元と国全体に社会的融和をもたらすことにおいても先導的な役割を果たし、悲惨な過去や傷跡を乗り越え、協力して生き延びることに成功した国家として、その他の世界の国々に称賛された。

息子は医者となって地元に戻った後、市議会の任命により、市民健康センターで働き始めた。もともと有名人で、人々に愛されていた彼は短期間のうちに医者として成功し、その献身と謙虚さと勤勉さをもって頭角を現した。

毎年行われる市議会の選挙で、まずは市議となり、その後、市議会の共同広報官に選出された。この職務の傍ら、医師としての仕事も情熱をもって意欲的にこなしていた。彼は一度も会ったことがない父親とおじに相応《ふさわ》しい人間になりたいという意識を持って成長した。今の彼は、それを実現する機会を得るという幸福のなかで生きていた。

町の成功をふまえてから、市政の試行錯誤を語るため、ハーバード大学で会議に出席すべく、市議会から一名がアメリカのボストンに招待されていた。直近の会合で、それが自分であることが決まったというわけだ。

会議はまだ一か月先だった。だが医師は今から地に足がつかなかった。二十八年の人生で初めてアメリカに行くのだ。以前、語学留学で短期間ロンドンに行った以外は、海外に行ったこともなかった。さらにはかくも権威ある大学で、自分が国民を代表し、実績を語るなどとあっては、昂奮するなと言う方が無理だった。選出当日からもう会議で行うスピーチの準備を始め、冗漫ではないが、詳細と経過を網羅《もうら》する原稿を書き上げた。出発前にもこの原稿を市議会で読み上げ、大きな喝采を浴びた。

まずはイスタンブールに向かい、そこからアメリカに向かう予定だった。朝、町外れの空港に向かう前、父の墓参りをしたいと思った。彼を空港に送り届ける役目の友人、バウワーと共に墓に行った。庭で摘んできたばかりの野の花をありったけあらゆる墓に供えたあと、最後に父親の墓と、隣接するおじの墓の前に来た。手に残った最後の花を二つの墓に手向けたあと、半分悲しげな、半分誇らしげな声で「安らかに眠ってください」と告げ、その場を後にした。墓石のひとつには父親「アフメット・トゥンチ」、もうひとつにはおじ「メフメット・トゥンチ」の名が刻まれていた。

空港で彼を見送る際、バウワーは長い抱擁をし「僕らの代わりにアメリカを旅してきてくれ。前途に幸あれ、ぼっち君」と言った。いつ何時たりとも「ぼっち」は孤独ではなかった。庶民の申し子として成長し、名前とは正反対に人々にとても愛された。医師「ぼっち」が見送りの友人に手を振った時、ジズレの灼熱の暑さを体感させる太陽はもう十分に真上に昇り、新たな人生の新たな一日はとうに始まっていた。チグリス河、そのほとりで。

謝　辞

　ささやかな作品ではあるが、刑務所内で執筆し、それを書籍の形にするには、多くの人々の協力がないことには不可能だった。

　私が逮捕された最初の瞬間からずっと、毎週私との一時間の面会のために三千キロメートルの道のりを乗り越え、私の小説執筆に対し、惜しみない精神的支援をしてくれた、愛する妻バシャックに。

　我が小説の最初の読者となって、提案や批評という形で協力してくれた、同囚の仲間ハッキャリ県議会議員アブドッラー・ゼイダンに。

　どうして書かないんだい？　といつも発破をかけて私の意欲を高めてくれた、スッル・スレイヤー・オンデルとバルシュ・ピルハサンに。

表紙の絵とデザイン、挿絵を担当してくれた、我が兄弟の一番ちび助、バハル・デミルタシュと各短篇の編集作業において貢献してくれたハルン・エルジャンに。

内表紙の写真を撮影してくれたディジレ通信のヤームル・カヤに。

私に対してなされた百二件の容疑への対応に首まで浸かりながら、執筆の機会を作ってくれたすべての弁護士に。

塀の外にいながらも私の手足となってくれた、顧問たちに。特にフェルハット・カバイシに。

書籍化の支援をしてくれた戦友にしてディップノート出版の出版部長エミラリ・トゥルクメンに。

刑務所から、世界中津々浦々に送った手紙に呼応してくれた私の文通相手全員に、心から感謝申し上げる。

訳者あとがき

本書の著者セラハッティン・デミルタシュは、一九七三年配管工の父タヒルと母サディイェの間にトルコの東アナトリア地域に位置するエラズー県で生まれた。男二人、女四人計六人の兄弟姉妹の次男である。デミルタシュ家はザザ民族というトルコ国内の少数民族に属し、かつクルド系でもある。ザザ民族の言語は印欧語族であるイラン語に近いザザキ語で、セラハッティン・デミルタシュ自身もトルコ語・ザザキ語・クルド語を話すという。

決して大都市とはいえないエラズーで決して裕福とはいえない家庭で育ったデミルタシュは、近所に住んでいた下士官に憧れ、下士官になることを夢見る中学生であった。そんな彼が政治家を目指すようになったきっかけは、一九九一年七月、クルド人の中心的な都市であるディヤルバクル訪問時に発生した事件であったという。クルド人政治家で、人民労働党のディヤルバクル県代表であるヴェダト・アイドゥンが誘拐後に殺害され、その葬儀の日、抗議のデモ行進をする一団に加わったのである。警察が介入し二万五千人とも言われる群衆に対して発砲した結果、六名が死亡、百五十名以上が負傷した。この件についてデミルタシュは「人生の進路が変わった」と述べている。

その後、大学に進んだデミルタシュは、クルディスタン労働者党（ＰＫＫ）の青年組織メンバーであるとして、当時住んでいたイズミールで拘束された（一週間ほどで釈放）。一方、同じくムーラで拘束された兄のヌレッティンは二十四年の懲役判決を受けることとなる。

国家権力と対峙した体験を経たデミルタシュは、イズミール九月九日大学海運学部を退学、トルコの名門アンカラ大学法学部を受験し合格する。そして大学卒業後、弁護士資格を取得すると、政治犯の弁護を無給で請け負うようになった。またちょうどその頃オスマン・バイデミルが支部長を務めていた人権協会ディヤルバクル支部との関係を築き、二〇〇四年にバイデミルがディヤルバクル市長となると、デミルタシュは支部長を引き継ぎ、多くの人権問題に携わった。自身の出自でもあるクルド問題にも積極的に関わるようになり、ＰＫＫ首領であり終身刑に服していたアブドゥッラー・オジャランを評し「クルド問題の解決における役割を評価しなければならない」と述べるなどもした。デミルタシュによれば、自身をクルド人と意識したのは、高校時代の一九八八年三月、サダム・フセイン政権がイラク・クルディスタン地域において化学兵器を使用し、多くのクルド系住民が殺害された事件がきっかけであったという。

このようななか、デミルタシュは周囲の推薦により、二〇〇七年の早期選挙にディヤルバクルから無所属候補として立候補、当選して国会議員となった。二〇〇七年には二〇〇四年に出所した兄ヌレッティンが党首を務める民主社会党（Demokratik Toplum Partisi: DTP）の会派代表代行に三十四歳の若さで就任した。DTPが解党すると、デミルタシュは平和民主党（Barış ve Demokrasi Partisi：BDP）に参加し、二〇一〇年には党首に就任した。二〇一一年の総選挙では、ハッキャリ県から無所属で当選し、国会議員として二期目を迎える。その後、左派系の政党が統合して結成された人民民主党（Halkların Demokratik Partisi: HDP）に参加し、二〇一四年にはフィゲン・ユクセキダーと共に共同党首となった。HDPは左派的な色彩を持つと同時に、クルド色も強い政党である。HDPの綱領にはクルドの文字はなく、すべての抑圧された人々等の政党とされているが、特にBDPのHDPへの合流は、クルド色の強化と言われた。

デミルタシュがトルコ国内で大きく脚光を浴びることとなったのが、二〇一四年に行われた大統領選挙であった。二〇一四年の大統領選挙はトルコ史上初めて国民が直接大統領を選出する形式で行われた選挙（従来は、トルコの国会である大国民議会が選出する形式をとっていた）であったが、デミルタシュは、ＨＤＰ共同党首として、現職首相のレジェップ・タイイップ・エルドアン公正発展党（Adalet ve Kalkınma Partisi：AK Parti）党首、共和人民党（Cumhuriyet Halk Partisi：CHP）、民族主義者行動党（Milliyetçi Hareket Partisi：MHP）などが推すエクメレッディン・イフサンオール氏と共に立候補した。第一回投票で五〇％以上を得票したエルドアン首相が大統領となったが、デミルタシュは九・七六％と予想外の得票率をもって健闘した。

躍進の背景には、デミルタシュの誠実・清廉《せいれん》・温厚なイメージのほか、クルド系の国民と左派系の国民から得票できたことが大きい。デミルタシュの人気が高まっている状況下で行われた二〇一五年六月の総選挙では、クルド色を有する政党としては初めて政党として参加した（トルコの総選挙では、全国の有効投票数の一〇％以上得票できなかった政党は、各選挙区において第一党であったとしても議席を獲得することができない。ただし、無所属での立候補者に対して、一〇％の「足切り」は適用されないため、クルド系の政党は支持が多い東部・南東部の選挙区で無所属から立候補する方が当選確率は高い）。実際にＨＤＰは一三・一二％の得票率で議会に政党として議席を獲得することに成功した。

総選挙に向けての選挙活動期間において、デミルタシュは多くのメディアに出演、サズ（トルコのギター）を弾きながらの民謡の披露や人情味溢れる語り口などで一躍時の人となっていた。エルドアン首相・大統領による公正発展党政権の長期化、ニューフェースへの期待などの要素も混じり、デミルタシュは将来トルコを牽引するリーダーになるのではないかとの期待が国民の間でも広まりつつあった。おそらくこの時期がデミルタシュに対する国民の期待感が最も高かった時期であろう。

六月の選挙後、議席が過半数を割り込み危機感を覚えたエルドアン政権は対テロ作戦を強化し、PKKと進めていた和平プロセスも崩壊し、治安関係機関に対する攻撃やテロが増加した。デミルタシュは、PKKまたはその関連組織が行ったテロを明確に批判することができず、一部の支持層を落胆させることとなった。その後、デミルタシュは、二〇一六年十一月にユクセキダー共同党首らと共にテロのプロパガンダを行った廉《かど》などで拘束され、現在もエディルネ刑務所に服役中である。服役中の二〇一八年には六月に実施された大統領選に立候補するも敗北した。

当面は服役中であるものの、メディアへのインタビューや積極的な声明の発信、本書のような書籍の執筆などを行っている。既《すで》に三年を超える期間、自由に活動できない状態は政治家としても望ましいことではない。だが驚くべきことに二〇一九年十一月に調査会社であるＡＤＡ社が実施した政治家の好感度調査によれば、第一位はエルドアン大統領であるが、デミルタシュは三位となっており、いまだ存在感は健在であることを示した。

こうした波乱万丈の経歴を持つ作者であるが、刑務所で執筆されたその著作の内容がカーマニア乙女の受難と覚醒であり（「掃除婦ナっち」）、恋の致命傷を嘆く青年心理であり（「知った顔すんなってば」）、シリア難民女児の逃避行であり（「にんぎょひめ」）、幼馴染で既婚者のいとこに対する料理人《シェフ》の懸想であり（「アレッポ挽歌」）、読書好きキャリアウーマンの父親考（「歴史の如き孤独」）であったということには驚きを禁じ得ない。てっきり貧児立身伝か政治的著作だと思っていたからである。同様の先入観をもって本書を開く向きは、最初の作品から擬人化された人妻雀《すずめ》がパタパタと飛びだしてきて（「我々の内なる男」）、意表をつかれることになるだろう。この謎のギャップが日本の読者にとって吉と出るのか、凶と出るのか私には分からないが、少なくとも作者は一筋縄ではいかない人物であり、トルコという国は一筋縄ではいかない国だという印象は持つはずである。ことによると、それこそが思い込みを捨て、トルコや世界を正しく読み解く契機になるかもしれない。「そんな風に見ないでくれ。あんたらの知ってる通りじゃないんだってば、何事もな」（――「知った顔すんなってば」）

作品の特質をもって、小さき者、虐げられし者への優しい視線こそが作者の政治理念の本質であるなどと類推するのは容易いが、おそらく作者はそんな短絡的なことも望んでいないにちがいない。この可憐な小品集は純粋に楽しむべきものであるし、実際それに耐え得る作品である。本書は人気ドラマ「セックス・アンド・ザ・シティ」に出演していた女優サラ・ジェシカ・パーカーが監修する出版社SJP for Hogarthから発売されているが、そうした要素が、読書家のサラがアメリカでこの本を出版した所以《ゆえん》であろう。一見何の関係もない、中東で収監中のクルド人政治家とアメリカの有名女優をして結びつけるもの、それがこの作品の持つありのままの魅力であり、端倪《たんげい》すべからざる威力である。サラ本人が「文芸作品で面白いのは、ほかの世界からの声を聞くことができるということ。自分とはまったく違うタイプの人々とつながることができる。偉大な小説はあなたを夢中にさせ、考え方を変換し、どこか違うところへ連れて行ってくれる。また、深く耐えられないような悲しみも感じさせてくれる。そしてその傷を外に押し出すことも。読者にとって特別な体験ができるんだと思うの」（≪ハーパーズ・バザー≫ウェブ版、二〇一九年一月十四日掲載記事）と、語る通り。本書は欧米諸国でも高い評価を得、トルコ国内では以降、次々にデミルタシュの新刊本が発行されている。

　表題作である「セヘル」のテーマである名誉殺人とは、伝統的価値観に反する婚姻関係、恋愛関係、性的関係を結んだ女性が、それを恥辱と見なす男性親族により殺害されることを指す。婚前・婚外交渉、婚姻拒否、自由恋愛、或《ある》いはただ親族以外の男性と同一空間に滞在する、メディアやSNSを通じて男性の目に触れる、LGBT《セクシャル・マイノリティ》に該当するといったケースが含まれる。実態としては、家族の圧力による自殺も少なくない。特に強姦被害の末の私刑／死刑は、現代的価値観からすれば非合理極まりない蛮行と映る。何しろレイプされるだけでも十分残酷なのに、被害者のほうが非を負わされ殺されてしまうのだから。近代法の下では当然これは違法ながら、パキスタンからエジプトまで主にイスラム圏と重なる地域において、土俗的風習として今なお広く蔓延している。さらには近年、移民人口増加が著しい西欧諸国でも、このタイプの惨殺事件が発生し、問題視されるようになった。人権意識の高い国々でこうした殺人が起きること自体、とてつもない衝撃であり皮肉であることは想像に難くない。日本もいずれ無関係ではいられなくなる日が来ることだろう。

　ただ、デミルタシュがこの理不尽な殺人について、深い哀しみを湛えた筆致で「セヘル」という作品を書き、それがトルコ国内でも大ベストセラーになったことから分かる通り、こうした伝統的慣習に異議を唱える者たちもまた、この同じ文化圏には多く共存している。トルコの詩人ナーズム・ヒクメットの、原爆投下に対する静かな憤りが込められた詩「死んだ女の子」の例をとるまでもなく、過酷な宿命の犠牲となる無垢な少女に対する限りない同情と哀悼の声は、時にトルコ人の感受性のなかから発せられ、様々な作品に結実しては他の文化圏にまで届けられてきた。「セヘル」もそうした作品の一つであり、かけ離れた価値観の下で生きる我々に対し、必ずや名誉殺人に対するなんらかの思いを掻き立てるものであろう。その時、少女セヘルは、世界の無知と無関心を照らす曙光となって生き続ける。

最後に翻訳中の私に関わってくださったすべての人に感謝を捧げる。とりわけ本の虫にして文章家だった亡父の影に。母とモージョリー、原語のニュアンスを丁寧に教えてくれたOrkun Kumkale、作者経歴の資料を作成してくれた「た」、私にチャンスをくださった早川書房と編集者の堀川夢氏、JG時代の恩師木原葉子先生、私の整体師石田由希子に。

二〇二〇年三月八日（国際女性デー）

鈴木麻矢

訳者略歴　女子学院高等学校卒業，早稲田大学第一文学部卒業，イスタンブール大学大学院トルコ語学科修士課程修了，トルコ文学翻訳家　著書『ウズベキ語・日本語フレーズブック』（Ёзувчи нашриёти，ヤズヴチュ出版）　訳書『トルコ狂乱　オスマン帝国崩壊とアタテュルクの戦争』トゥルグット・オザクマン，『黒い本』オルハン・パムク

セヘルが見《み》なかった夜明《よあ》け

2020年4月10日　初版印刷
2020年4月15日　初版発行

著者　セラハッティン・デミルタシュ

訳者　鈴木麻矢《すずきあや》

発行者　早川　浩

発行所　株式会社早川書房
東京都千代田区神田多町2－2
電話　03－3252－3111
振替　00160－3－47799
https://www.hayakawa-online.co.jp

印刷所　中央精版印刷株式会社
製本所　中央精版印刷株式会社

Printed and bound in Japan

ISBN978-4-15-209932-7 C0097

乱丁・落丁本は小社制作部宛お送り下さい。
送料小社負担にてお取りかえいたします。